ハヤカワ文庫JA
〈JA1562〉

ピュア

小野美由紀

早川書房
9003

目次

ピュア

ピュア

「男を食べたい」と思ったのは、一体いつからだろう。

はぁ、と荒い息を吐きながら、目の前でヒトミちゃんが男を犯している。ぎっこんばったん、ボートを漕ぐみたいに大きく上体を揺らし、ほおを紅潮させ、恍惚《こうこつ》に身を震わせながら、ヒトミちゃんは跨《また》がった男に夢中で腰を打ち付ける。

男は白目を剝《む》き、手足をひくつかせ、意識があるのかどうかさえ分からない。

空から降り注ぐ青白い光がぐるり、と地面に弧を描き、彼女の裸体をくっきりとその中に浮かび上がらせる。月の光ではない。月は崩れたビルの陰に隠れ、私たちの位置からは見えない。回遊するドローンのサーチライトの光だ。私たちが〝狩り〟をきちんと行っているか、常に監視している。

ぶるり、と体を震わせて、ヒトミちゃんが腰を持ち上げた。大きく開いた脚の間の、艶《つや》やかな朱が露《あら》わになる。ぱっくりと割れたざくろみたいに、果汁を滴《したた》らせ、赤く色づき、ペニスを深々と飲み込んでいる、ヒトミちゃんの中心。

綺麗だ、と思う。彼女の性器を、そこから続くなだらかなヒップを、みずみずしい乳房を。豊かにうねる亜麻色の髪を、潤んだペリドットの瞳を。地面を踏みしめ、指を深々とめり込ませる、筋肉に覆われた逞《たくま》しい脚を。

こんな綺麗なものなら、いつまでも眺めていたいのに。そう思った途端、私の身体《からだ》の下で男が「ぐぅ」と呻《うめ》いて、私は隣にいるヒトミちゃんの脚の間に刺さっているのと同じものが、私の中にも入っていることをようやく思い出す。男は私が気もそぞろなことに不満げだ。それでも組み敷いた両腕の間から、熱に浮かされたような表情で私を見上げてくる。それを見た途端、快楽を生むはずの私の膣《ちつ》はまるで鉄パイプのように硬く冷えてゆく。

個体が替わったところで男たちの反応は判で押したように変わらない。見よう見まねで腰を動かせば動かすほど、彼らの芯《しん》が私の中で膨らめば膨らむほど、私の心はしゅるしゅると萎《しぼ》んでゆく。

ああ、今日も早いとこ終わんないかなぁ。

ヒトミちゃんの動きがひときわ激しくなった。上体を仰《の》け反《ぞ》らせ、男の腕に爪を食い込ませて下腹を打ち付ける。脚の間の充血がいっそう濃くなり、ペニスが膨らんで、突き出された丸いお尻が痙攣《けいれん》する。見つめ合う二人はまるで心の通いあった恋人同士みたいだ。普段は見られない、ヒトミちゃんの快楽に歪《ゆが》む顔が見たくて、私は首をさらに伸ばす。

ヒトミちゃんが歓喜の声を漏らすのとほぼ同時に、男はびくびくと体を震わせて果てた。一仕事終えた、とばかりにヒトミちゃんは満足げな、慈愛に満ちた表情で男を見下ろしている。

サーチライトの光がもう一度ぐるりと地表を撫《な》で、彼女の全身を淡い虹色に輝かせた。体表をみっしりと覆う、私たちの学校で一番美しい、エメラルドグリーンの豊かで麗《うるわ》しい鱗《うろこ》を。

男がすっかり射精しきったのを確認した途端、ヒトミちゃんはその鋭い二本の牙で、ためらうことなく男の喉を食いちぎった。

※

私たちの暮らす宇宙ステーション「ユング」は十五歳から十八歳までのメスのみで構成

されたコクーン型の小さな学園星だ。月に一度、レッド・トーンの期間中に地上で〝狩り〟を行うこと、卒業後には上級士官として軍に服役することが、遺伝子検査のレベル分けで特Aクラスに分類された私たちに課せられた義務である。

「あーもう、あの先生、マジでウザすぎ！　なんとかしてよ、もう」

マミちゃんの苛立ちを含んだ大声が、カフェテリアじゅうに響き渡る。

「『子供を産むこと、我が国を守ることは、みなさんに課せられた素晴らしい使命です。しっかりと全うしてください』……だって。知らんし、まじで。クニのことなんか知らねえしまじで」

マミちゃんは大きな胸をぶるん、と震わせて椅子にふんぞりかえると、液体栄養剤《リキッド》のパケをぐちゃりと握りつぶして一気に飲み干した。

学校配給の不味《まず》い基礎食を手早く摂取し、あとは時間ギリギリまでくっちゃべるのが、レッド・トーンを同じくする私たちグループの昼休みの日課だ。

「仕方ないよ。今の出生率、めちゃくちゃ低いんだもん」

隣でヒトミちゃんが目線をノートに落としたまま言う。昼休みに次の授業の予習をするなんて、私たちの中では特A＋＋に分類されているヒトミちゃんだけだ。

「私たちが戦争行って子供産まなきゃ、この国滅びちゃう」

うちらの先祖がおよそ考え付くかぎりの悪逆非道な行為をやり尽くしたせいで、今や地上は全くと言っていいほど妊娠・出産に適さない環境になってしまった。大気汚染に疫病の蔓延《まんえん》、加えて国々は残り少ない資源を巡り常にどっかしらと戦争していて、人口は西暦二〇〇〇年ごろのわずか四分の一ほどしかない。

焦った国家連合は遺伝子の改良によってどんな環境にも耐えうる新しい人類を作り出そうとした。遺伝子改変ウィルスを搭載した分子《ナノ》コンピュータが私たちの先祖の体を駆け巡り、DNAを書き換えた……は良いけれど、あれよあれよという間に進化したのは、どういうわけだかXXの染色体を持つ女たちだけだった。鱗に覆われた体、岩をも嚙《か》み砕く強い牙、一撃で敵を打ち殺す長い爪。平均身長二メートルの、地上にいるどんな生き物より生存に適した強いボディを女たちは手に入れた。急いで進化の針を早めた結果、私たちメスは一足飛びで前の前の、ずーっと前の、ティラノサウルスみたいな姿に変身しちゃったのだ。

対して男は昔と同じひ弱なフォルムのまま、今日も地上でうだうだ困りながら暮らしている。人口の九割を占める男たちがシティと呼ばれる狭い居住可能区域で労働に従事する間、私たち一割の（あ、そうそう、なぜだかメスの方が、ずっとずっとオスよりも出生率が低い。生き物って、都合よく進化するもんだよね）女は人工衛星の上で日々国家の「テキ」と戦いつつ、せっせと子作りに励んでいる。ちまちまちまちま、地上で蟻のように働いている男たちを守るため、私たちは戦闘機に乗って出撃する。とはいえ現在の戦闘ってのはだいたいオートマだから、強い牙も爪も、別に必要無いっちゃなくて、もっぱら〝狩り〟の時に暴れる相手を押さえつけるとか、硬い首筋を噛み切るためにしか使われない。

〝狩り〟って？　……もちろん、セックスのことだ。

「えー、わたしは赤ちゃん、欲しいけどなぁ」

隣で妊娠促進剤入りポップコーンを口いっぱいに頬張りながら、シホちゃんが言う。

「だってさぁ、たくさん産んで〝名誉女性〟になったら、兵役免除でしょお。それって超楽チンじゃん。一生男食べてぇ、コドモ産んでたぁい」

そう言って無邪気に笑うシホちゃんの顔はのっぺりとして、彼女こそが胎児みたいだ。

「あんたはそれ、戦いたくないだけでしょお」

マミちゃんがシホちゃんの頭を小突く。

セックスは普通、捕食の形で行われる。遺伝子をいじくりまわした結果、私たち女の身体はなぜだかセックスしたら男を食べないと受精しない仕組みになっちゃったみたいなんだ。初期の頃には男の安楽死が義務化されたけど、死んだ男の肉じゃ私たちは妊娠しない。

狩猟時に出るなんとかってホルモンが着床を促すんだって。人工授精で手を打とうって話にもなったらしいけど、それだってすぐに撤廃された。

なにより、為政者である女たち自身が己の食欲を止めることを良しとしなかったのである。

「どうして強いほうの性が自らの欲望を抑えることがありましょうか」——三人の夫と七十二人の愛人を食べ、二十一人の子を産んだ初代ロシア女性大統領イリーナの言葉だ。

「我々は知性でもって、ほ乳類全体が犯してきた進化の過ちを自力で修正したのです。すなわち、権力を握るべきほうの性が肉体的パワーをも併せ持つという、本来生き物があるべき姿に」

……ま、難しいことはさておき、今じゃ女が男を狩るのは当然ってことになっている。産めよ増やせよ科学の子。たくさん産んで戦えよ。勝てばハッピー、負ければお陀仏《だぶつ》。月に一度のセックス旅行、訓練やって昼寝して、それってハッピー？　わかんないけど、今日も私たちは丸い地球を眺めながら、繁殖と殺し合いに勤《いそ》しみ、マスカラを重ね付けする。

建前ではクニのためって言いつつ、私はそれ、単純に女たち自身の〝喜びのため〟だと思うな。だってそれすらなかったら、このちっぽけな衛星《ホシ》での生活は、やってらんないくらいに退屈なんだもの。

「ったく、にしたってなんで女が全部やんなきゃいけないのよ。昔は男のほうが戦争行ってたのにさ」

マミちゃんはまだ、文句を言っている。

「昔は女のほうが、男よりもずっとずっと体力的にも立場的にも弱かったんだよ」

ヒトミちゃんがノートから顔を上げて言った。

「ま、本当はその頃だって、男より女のほうが精神的にはずっと逞しかったと思うんだけどさ。——男たちはそれを恐れて、女たちを体力と腕力で支配したんじゃないかな」

ガラス張りのカフェテリアからは、外に浮かぶ地球がよく見える。燃えるような青白い光が、窓際に座るヒトミちゃんのすべらかな体に反射し仄《ほの》かなグラデーションを作る。美しい鱗を持つ子は校内でも憧れの的だ。私のグレイッシュな鱗をヒトミちゃんはクールだねって褒めてくれる。でも、私はヒトミちゃんの、全身が宝石箱みたいに輝く豊かな翡翠《ひすい》色の鱗たちのほうが何百倍も価値があるってこと、私を素通りして彼女に突き刺さる級友たちの視線から、嫌という程知ってる。

「ふぅん、昔は女って大変だったんだねぇ。わたし、今の時代に生まれてよかったなぁ」

シホちゃんがノーテンキに笑う。

「昔はさ、男が女を〝食う〟って言ったらしいよ」

ヒトミちゃんが続けた。

「え、どゆこと?」

「ほら、昔はさ、女が男を選べなかったから、ひたすら選ばれ待ちの人生だったらしいよ。あまりに待ちすぎて、ちんこ切り取っちゃった女もいたんだって」

「えー、すっごぉい。そんなに妊娠したかったのかなぁ」

「うーん。そういうのとは、ちょっと違う気がするけど」

私はみんなの会話について行けず、黙って液体栄養剤《リキッド》をすすっている。

私の瘦《や》せっぽっちの身体に命が宿るなんて、考えたこともない。

こんだけたくさん産む女がいて、一人くらいサボったっていいじゃん、って思うんだけど、なぜだか女は昔っから、もれなく子供を産むことになってるらしい。人類全員が抱える同じ営みから、私は逃れられない。みぃんな同じ、誰かか誰かか誰かか誰か、どうあがいても、他の誰かがやってることを、そっくりそのまま繰り返すしかない。それが正義でそれが倫理。今は、男よりも女がエライ、女のほうが人生得だってみぃんな言うけれど、男も女も、その意味では同じじゃないか。クニを守って男食って、子供産んで、それで終わりは名誉の戦死、それが私たちの使命です、なんて、なんだかとってもイケてない。

名誉女性になんて、別になりたくない。けど、それ以外の何かになる方法を、今の私は知らない。

「私も子供、欲しいけどな」そう言いながらヒトミちゃんは窓の外に視線を向けた。涼しげなアーモンド型の目に、丸い青が二つ、宿る。

「なんか、産んでみたい。生きた証《あかし》、ってかんじじゃん。もし戦争で死んじゃったら、何も残らないわけだしさ」

「ヒトミの子なら、絶対かわいいよね！」

そう言ってシホちゃんはヒトミちゃんに抱きついた。ヒトミちゃんの乳房がシホちゃんの腕に当たって、ぽよん、と柔らかく弾《はず》む。

「絶対に女の子を産んでね！　ね？　食べられちゃうなんて、もったいなーい」

……すでに授乳する女なんていないのに、なぜここは鱗に覆われていないのか不思議だ。女同士での慰撫《いぶ》に使う子もいるらしいけど、誰ともそれをしたことがない私には、まだその感覚がよくわからない。

それにしても、クールでボーイッシュなヒトミちゃんが妊娠したがってるなんて、何だか意外だ。

私は自分がちっちゃくなって、ヒトミちゃんの胎内に潜り込むところを想像してみる。

陸上部のトレーニングによってきっちり絞られた筋肉と、ふんわりした脂肪がちょうどよいバランスでついているヒトミちゃんのお腹の中は、きっと毛布と羽毛蒲団を二枚重ねたようにほかほかして暖かく、外界から胎児の私を守ってくれるに違いない。

「ユミは、どう？　男食べるの、好き？」

いきなり話を振られて、私は思わず液体栄養剤《リキッド》を喉に詰まらせた。六本の視線がこちらに集まっている。

「ユミは私たちの中でも誕生日が遅かったからさ、〝狩り〟デビューしたの、最近じゃん。どう？　もう慣れた？」

ヒトミちゃんがおずおずと、気遣うように私の顔を覗き込みながら言う。優しいヒトミちゃん。どうしよう。どう答えよう。

みんなと一緒に、ユングの外に行けるのは嬉しい。でも、みんなが言うような気持ち、自分の体じゅうを探しても、どこにも見当たらない。

「あのさあ」

おそるおそる、私は口を開いた。

「……みんな、女に生まれてよかったな、って思う？」

言った途端に、ハズした、と思った。好奇心に彩られた六つの瞳が、途端にきょとんとした丸に変わる。やばい、フォローしなきゃ、そう思った瞬間、

「きゃははは！」

マミちゃんのけたたましい笑い声が耳を劈《つんざ》いた。

「え、ユミ、何言ってんの、ちょ、信じらんないんですけど」「男の方が良かったってこと？……そんなわけないじゃん」

シホちゃんがつられて苦笑する。

「ユミ、男食べるの、嫌いなの？」

「そういうわけ、じゃないけど……男食べなかったりさ、子供作らなかったり、戦争行かない人生も、アリ、なんじゃないかって」

「逃亡ってこと？……逃亡は重い罪だよ」

「……」

「あんた、まさか男食べるのに罪悪感とか覚えちゃってんのぉ？」

マミちゃんはふんぞり返ったまま、レーザーのように鋭い視線を私に投げかける。

「無理無理！　あのね、うちらが男、食べるのは、本能だからに決まってんじゃん！　そういう風にプログラムされてんの！　だから当たり前！」

私に口を開く隙も与えないまま、彼女は続けた。

「男に生まれるなんて、絶対にアタシはやだな。こき使われて、いい歳になったら食べられるなんてマジで虚《むな》しいじゃん。食べられなかったらそれはそれで『残飯』って蔑《さげす》まれてさぁ」

「そぉだよぉ。食べられるのって、痛そうだし」

「……どーかなあ」

ヒトミちゃんが両手で頬杖を突いて言った。

「食べられる瞬間、男はつらい、って言うけどさ……私はほんとかな、って思う。射精した本当に直後の男ってさ、なんか、全てを悟りきったみたいな顔してるよ。多幸感に包まれるホルモンみたいなのが出てる気がする。そうじゃなきゃさ、女に黙って食べられないと思うんだよね。……なんかさ、私、男とセックスしてる時って、祭壇の上にいるような気がするんだよね。全てをあなたに捧げますって、言われているみたいなさ」

そう語る彼女の顔は、あの時と同じ、恍惚に潤んでいて、私は思わずぞくり、と身震いする。

「もしかしたら、自分以外の誰かに命を渡すのって、この上ない快楽なのかも」

「ばぁっかだよねぇ、男って！　死ぬ瞬間までセックスのことだけ考えて生きてんじゃない。狂ってるよねぇ」

マミちゃんはさも自分は違う、というようにせせら笑う。

でも。

私は思う。

もしかしたら、そっちのほうが私たち女より、ずっと幸せなんじゃないだろうか？

その時、午後の授業の予鈴が鳴った。途端にみんなの視線が逸《そ》れる。

「ま、男と女のどっちがラクかなんてわかんないけどさ」

ヒトミちゃんが立ち上がり、トレイを持ち上げながら言った。

「今は、私たちにできることを全うしようよ……みんなで頑張ろ。〝名誉女性〟になれるように」

「あ、けどさぁ」

カフェテリアから出る寸前、マミちゃんがポツリと言った。「さっきの話、よくよく考えたらすっごく変だよね」

「何が？」

「だって、いくら女が男より弱かったって言ってもさ、身体の構造的には、女が男を〝食ってる〟のは、ずーっとずーっと、太古の昔から変わんないじゃん、ねぇ？」

※

「だぁるい」「あ、お菓子忘れた」「今日の前髪、変じゃない？」「いいよ、どうせ誰も見ないし」

好き勝手に喋る甲高い声が、狭い運輸艇《シャトル》内に反響する。地球に到着直前の機内はレッド・トーンを迎えた女の子たちの青臭い匂いでいっぱいだ。火でも点ければ、たちまち引火爆発を起こしそうなほどに。

「F－1地区かぁ。ほんとついてない。あんなの下級労働者の集まる場所じゃん」

後ろの席に座ったマミちゃんが、また文句を言っている。

「でも味はよくない？　私、シティの中心にいる男よりかは好きだな。スジとアブラミのバランスがちょうどいいんだよね」

「あんたは固い肉好きだからね」

みんな、味なんて大してわかんないくせに。そう思いながら、私は眼下に広がるのっぺりとした地球を眺める。汚くて、不便で、小さくてかわいそうな男たちの世界。彼らはきっと死ぬまで悩まない。妊娠、しなくていーし。クニ、守んなくていいし。コドモ、育てなくていいし。対して私たちは戦って狩りをして、子供を産んで育てて、また戦って、死んで、やることはいっぱいあるにもかかわらず、ここはまったく退屈で、私たちはその退屁の穴ぼこを埋めるように、それらを切り貼りして日常の中に組み込んでゆく。

とか言ってる間にあっという間に地球、今日のシティの天気は曇り、加えて私たちが今回指定されたF－1地区はシティの中でも最下層って言われてるとこで、目の前には放射能汚染された瓦礫《がれき》や崩れ落ちた高架道路、ひび割れた大地が広がるばかりでテンション上がる要素はゼロ、だもんで一部の熱心な生徒以外はみんな、瓦礫に腰掛けて爪をいじったり、うだうだ、おしゃべりなんかしながら、迎えが来るまでひたすら時間を潰そうとしているのだった。

「いっくよーん」

目の前でマミちゃんが思いっきり助走をつけてジャンプした。弾丸のように尖ったマミちゃんの体は車二、三台をぶっ飛ばして狙いをつけた男の身体にヒットした。衝撃で二人はもつれ合い、地面をゴロゴロと五メートルぐらい転がった。男はマミちゃんに押し倒される寸前「え？　おれ？」って顔してた。マミちゃんは有無を言わさず馬乗りになると鋭い爪で男のズボンを切り裂いた。一緒に太ももの肉がぱくっと裂け、血がどばぁ、と溢れ出し、男はぎゃあ、と絶叫する。おかまいなしにマミちゃんは男の両膝の間に足を割り入れ、勢いよく飛び出たペニスを片手でがし、と捕まえる。天に向かって屹立《きつりつ》した、哀れでこっけいな男の器官が、マミちゃんのまぁるいお尻の肉の谷間にたちまち飲み込まれてゆく。

マミちゃんにはためらいがない。ゴールをまっすぐに目指すスプリンターのように、まるで一点の曇りもなく自分の欲しいものが分かっているみたいに潔く男を身体の中に引き入れる。

そのうち、めりめり、ぽーん。と音がして、男の頭が私の足元に飛んできた。まだ射精も済んでいないのに。びゅるるる、と噴水みたいに勢いよく男の首から血が噴き出す。今度は腹。マミちゃんの黒いエナメルに覆われた爪が、男の腹をまっぷたつにかっさばくと、内臓が、でろ、とこぼれ出る。ピンクに白い脂肪のアクセントの入った、ローズクオーツみたいにキラキラ光る可愛らしい消化器たち。マミちゃんはそれを千切るのも忘れて夢中で搔きこみ、大きく喉を波うたせて飲みくだす。反射的に唾が湧き上がり、お腹がぐぅ、と鳴った。狩りを見たせいで刺激されたのだ。私の第二食欲だけはいつも正常に機能していて、そのことが時々、たまんなくむなしくなる。

男の体のどこが好きかって言われたらまずモツ。次に筋肉。次に脳。別に美味《おい》しくなんかない。ただの本能だから。美味しいかどうかなんて考えない。他にどうしよーもない。ただ、口に運ばなきゃやってらんない。そう、やってらんないからやるのだ。理由なんてない。気持ちよさも、喜びも、責任も、なーんにもない。ただ、やってらんない、っていう、空洞があるだけ。

私は友達の狩りを見るのにも飽きて、一人、その辺を散策することにした。五分も歩けばもう街外れだ。

紙みたいにぺらっぺらの、傾いたフェンスの向こうには、隆起した地面がエリカちゃんのリストカットの跡みたいにだんだん模様を作っている。その先には点々と瓦礫やゴミやテトラポッドの一緒くたになった廃棄物の山が見え、そのさらに向こうにはなーんにもない、干上がった大地が広がっていて、さらに遠くでは砂嵐がいろんなものを巻き上げながら、空に向かって消えていた。

大昔、ここらへんは海だったらしい。らしい、と言っても私の知る海っていうのは、古代地理の授業で見せられたヴァーチャルリアリティの世界の中でだけだ。ありえないほど青い、ゲルみたいなやわらかい巨大な水の塊が、砂浜と呼ばれる白く輝くあったかそうな地面の上を、気の遠くなるほど何度も押したり引いたりしていて、その縁《ふち》にはギザギザした緑の葉っぱの樹木がぴょんこぴょんこ、生えていた。それは私たちの校舎の中の人工植物《コピープラント》よりもずっと大きくたくましくて、その、キラキラ輝く美しい水たちが集まっていたこの場所は、今はもう、ひび割れた褐色の大地がただ広がっているだけなんだけど、それでも、この地面のうねうねは大昔にあの透明でキレイな水が行ったり来たりしていた跡だと思うと、私は昔の地球ってゆーのは、みんなが言うほど悪い場所じゃなかったんじゃないかな、って思う。

フェンスの穴をくぐりぬけて外へと出た。黄色と黒のしましまのプレートが穴の横には落ちていて、ここから先は男の世界でも行ってはならないエリアみたいだ。フェンスの上にこびりついた、鳥の死骸が気持ち悪い。

私は駆け出した。なんとなく、そうしたかったんだ。狭い衛星《ホシ》、狭い校舎。狭い私たちメスの世界。そんなもん、もうたくさんって気持ちで、でも、今の私はそれらに守られているのも事実で、だから、だからだから私はやり切れなくって、何だか自分がわやくちゃになるような気がして、テトラの山のてっぺんまで駆け登って、うーん、と伸びをした。

生きてるって感じがした。軍事訓練の最中より、みんなとおしゃべりしている時より、セックスしている時より。

その途端。

ぐらり、と足元が揺れた。危ない、と思った瞬間にはもう、私は崩れ落ちたテトラと一緒に地面に叩きつけられていた。

四肢が飛び散るような衝撃と、内臓がえぐられる痛み。その二つが同時にやってきて、私の喉は聞いたこともない悲鳴をあげる。

体の上では崩れ落ちたテトラが鳩尾《みぞおち》から下を押しつぶしていた。コンクリのザラザラとした感触が皮膚に食い込む。痺れるような痛みが全身に広がり、ぐわんぐわん視界が揺れる。ショックで上手く呼吸ができない。

どうしよう、ここから出なきゃ。

もがいても、あがいても、テトラは動きそうにない。風に吹き上げられた砂埃が容赦なく鼻と口に流れ込み、声を出すこともままならない。いや、そうしたところでヒトミちゃんたちがいる場所まではきっと届かないだろう。

やば。けっこー、ピンチかも……。

その時だった。

「あ、お前、何やってんの」

突然、低い声が空から降り注ぎ、黄色い太陽光を遮って何かがぬっと頭上に現れた。

「あー、挟まれてんのか、これ。大丈夫か？　出れる？」

それが男の頭だって気づくまでに、二、三秒かかった。驚きのあまり全身が硬直する。ごく稀に、狩りの最中に男に反撃されて殺されちゃう子がいるんだ。それは私たちの間ではもっとも不名誉な死に方だった。

男はぐるりと私の周りを半周し、テトラに手をかける。逆光のため顔立ちはわからない。

「動かせるかなあ、これ」

女の私でも無理なのに、男の力でなんて絶対に不可能だ。そう思うけど、男は冷静な様子でテトラを押したり引いたりしている。そのうち、ちらりとこちらに視線を向けてこう言った。

「なあ、これどかしたら、お前、俺の事、食べる？」

食べる、って？　当たり前だ。単純すぎるぐらい明確なルール。男と見れば襲う事。それが倫理でそれが摂理。でも……。

「お願いだからさ、食べないでくれよ」

そう言うと、男はその辺に落ちていた鉄パイプとブロックを拾い上げた。器用にテトラの足にパイプを挟み、てこの原理で浮かせようとする。やがて、ずず、ずず、と砂を擦《こす》る音を立ててテトラは動き始めた。突然のことに頭がついてゆかず、私はただ、ぽかんとそれを眺める。

そのうち、太陽が雲間に隠れ、濃い影の中に逆光に遮られていた男の目鼻立ちが少しずつ現れ始めた。

すっと通った鼻筋。形の良い顎、涼しげな切れ長の眦《まなじり》。

どきっ、とした。ヒトミちゃんに似ている。ううん、それだけじゃない。私、こんな綺麗な男、今まで見たことない。そもそも男をこんな風にまじまじと見つめたことなんて一度もない。性交はできるだけ速やかに終え、後は即座に捕食すること。そう教わってきたんだもの。

やがて生まれたテトラの隙間から、やっとの思いで私は這い出た。砂だらけの体を払う。全身痺れて痛いけど、うん、大丈夫。異常はない。

ありがとう、そう言おうとして振り返った途端、

「食べるなよ!」

耳をつんざく大声に、私は驚いて飛び上がった。

男は鉄パイプを構え、さっきまでとは別人みたいな顔で私を睨んでいた。少しでも私が動いたら、すかさず反撃に転じるとでも言うように。

険しく狭められた眉根、こわばった頬。ありったけの敵意に満ちているにもかかわらず、その表情さえもが綺麗で、私は思わずぼうっと見つめてしまう。

その時、男の背後でガサリ、と音がした。男はハッとして振り返る。瓦礫の山の背後に、何か、居る。

出てきたものを見た瞬間、私は凍りついた。

(え、なに、これ……)

それは奇妙な生き物だった。つるんとした体。ひょろっこい手足。牙のない慎ましい口。とても小さくて、男みたいにごつごつしてなくて、股間には男にあるはずのものがくっついてなくて。その姿はまるで……

「俺、この子たちを育てたいんだ、だから、食べないでくれ……お願いだ……」

男は出て来た生き物を見てもまるで動じずに、庇《かば》うように後ずさりしながら言う。

〝この子たち〟……そう、これ、コドモだ。

生物の授業で習った。私たち女の特徴である強靭《きょうじん》な爪や牙、全身を覆う鱗は、妊娠後期に後付けの形で発生する。だから初期の胎児は、千年前、女が今の形態へと進化する前の女の姿をしている。けど、ごくたまに、細胞の未分化によって母親の胎内で育ちきらずに胎児の姿のままで生まれてきてしまう子供がいるんだ。

鱗も牙も逞しい筋肉も無く、どんなに育っても男より弱々しい体しか持たない「祖先《アンコン》の置き忘れ《プリーテッド》」。そういうのは生まれてすぐ処分される。戦争にも行けないし子供も産めないし、なんの役にも立たないもの。けど、この子たちのお母さんは処分が嫌で、この子たちを隠して育て、どっかのタイミングでこっそりシャトルに連れ込み地上に捨てたんだと思う。たぶん、母性ってやつ。

瓦礫の陰から出てきたコドモたちは、あどけない表情で私と男を見比べている。彼はもう一度険しい表情で私を見据えると、はっきりとした口調で言った。

「食べないでくれ」

命乞いとは違う、静かな意志が含まれたその声に、私は再び彼を凝視した。

男にしては長めの髪。背丈は小柄な私と同じぐらい。作業服から覗く腕や首筋は、日焼けして褐色に輝いている。険しく細められた瞳は深いアンバーで、ヒトミちゃんと同じくらい、濃く長いまつげに縁取られている。

彼が笑ってるところを見たいな、ってふと思った。笑えば、この目はさっき私を見下ろしていた時と同じ、半月みたいな優しいカーヴを再び描きそうなのに。

「食べないから！」

気づいたら私は叫んでいた。

「食べないから――またここに来ていい？」

なんでそんなこと言ってるのか、自分でもわかんなかった。いろんな弁解、食べられるのって、悪いもんじゃないんじゃないのとか、私は食べるのあんま好きじゃないんだとか、選んで女に生まれたわけじゃないんだからそんなに睨まないでよ、とか、様々な考えが頭にわぁっと湧いたけど、やっとのことで今、私の二本の牙の間から生まれてきたのはただ一つ、その言葉だった。

※

人類で最初に男を食べたのは、キャロラインという名のブラジル系アメリカ人モデルである。

彼女は性交後に恋人の頭部を丸ごと食べ、その後も出会った男たちの身体の一部を次々に食べながら逃亡した。

「子宮が命令するのよ」

彼女は獄中でそう語った。

「頭じゃないの。子宮がそう言うのよ――男を食べろ。食べて子供を作れ、って」

当時の警察はキャロラインの言い分を異常性欲として片付けたが、その後意外なことが判明した。キャロラインは妊娠していた。それも五つ子を。

獄中で出産したキャロラインはその後も男を食べたいと訴え続け、看守を七人、心理カウンセラーを三人食べ、最終的に十二人の子を産んだ。アメリカの出生率が〇・三を切っていた時代の話だ。

恋人を愛していなかったのか、という問いに彼女はこう答えた。

「愛してたわよ！……彼だけじゃない。食べた相手全員、いい人だったわ。だから食べたの。食べなきゃいけなかったのよ」

※

私はこうして、彼の元に通いはじめた。

「うちんとこさ、聖女教会が強いんだ」

エイジくんはα《アルファ》とβ《ベータ》を膝の上に乗せてあやしながら言う。

「ある日聖女さまが空から降りてくるから、俺たち男は黙ってありがたく食われるのが一番の幸せだって、子供の時から教えられんの。女に子供、作ってもらって、戦争行ってもらってようやく生きてるんだからって。まあそりゃ、そうかもしんないんだけどさ、俺はもっと、他にも楽しいことあるじゃん、って思うんだ」

エイジくんはよく喋る。男がこんなにお喋りな生き物だってこと、私は彼に会うまでは知らなかった。

「一生労働に従事して、ちょうどいいところで女に食われて、精子搾り取られてさ。そんな人生しか選べないなんて、そんなの、つまらないだろ」

彼はF－1地区にある戦闘機工場で働いていたけれど、嫌になって逃げ出して、辿り着いたこの場所でこの子供たちを発見したらしい。今では工場の裏から捨てられた食べ物を拾ってきて、二人に与えながら暮らしているのだそうだ。

私は相槌を打ちながら、彼の顔をそうっと盗み見る。涼しげな線で構成された輪郭、綺麗な形の耳。それらはどことなく、授業中に盗み見るヒトミちゃんの横顔を思い出させる。

途端に心臓がきゅうっと持ち上がり、私は慌てて顔の位置を元に戻した。喉が渇き、牙の付け根がじん、と疼《うず》く。鱗が総毛立ち、汗がどっと噴き出す。

〝常に自分の身体を統御すること〟……戦闘訓練中、耳にタコができるぐらい聞かされているルールだ。それなのに、ほんの一瞬彼の顔を見ただけで、私の身体はこの、胸の奥のちっぽけな器官の暴走によって言う事を聞かなくなる。

「俺は他にもっとさ、色々やりたいことがあるんだよ……例えば、本読んだりとかさ」

「本？　本が地上にあるの？」

びっくりして私は思わず声を出した。本って、女のためだけの娯楽かと思ってた。

「あるよ。なんだよ驚くことかよ。男だって本ぐらい読むよ」

エイジくんはむっとした様子で唇を尖らせる。

やってしまった。私はごめん、と小さく呟く。男の生態なんて、授業でも習わない。男は美しくて、健康で、元気な精子を持っていれば、それでいいんだもの。

「エイジくんは、誰の本が好きなの？」

気を取り直してもらいたくて、私は話を振る。

「えっと、夏目《なつめ》漱石《そうせき》とか」

「知らない。誰それ」

「まあそうだよな。えっと……漱石っていうのは、一九〇〇年代の文豪で……」

そのままエイジくんはソーなんとかの話を始めたけど、私はこれっぽっちも興味が持てなかったから、黙って空を見上げた。月が出ていた。

地球から見る月は、上空を厚く覆う汚染ガスと光化学スモッグに遮られ、トイレに落ちた経血みたいにどろりと赤く濁って見える。ユングから見る冴え冴えとした月と比べたら、ゴミみたいだ。

「昔はさあ、男と女がつがいになって、一緒に住んで、そこから発生する血の繋がった人間同士をカゾクって呼んで、お金を共有したり、労働力を提供しあったりして、結束を深めてたらしいんだよね」

「へー」

「まだ、うちの国がこんなに戦争ばっかりしてなかったときの話だよ。人類が進化する前、女が地上を離れる前、地上がこんなに荒廃する前の、もっともっと、昔の話」

「……なんか、めんどくさそう」

「うん、めんどくさくもあっただろうね。……でも俺、羨《うらや》ましいよ。きっとおんなじ分だけ、良いことだってあったんじゃないかな」

そう言ってエイジくんは微笑んだ。私は彼の言うことがいまいち飲み込めない。

「俺、こいつら育てんのもけっこう楽しいしさあ」

彼の膝にちょこんと座った双子たちは、つぶらな瞳で私をじっと見ている。

前にエイジくんに、この子たち名前あんの、って聞いたら「ないよ」って言うから、私が命名した。テキトーっぽい名前なのは、あまりに彼女たちの姿が自分とかけ離れていて、メスっぽい名前をつけるのに躊躇《ちゅうちょ》したからだ。

二人とも、全身マシュマロみたいに柔らかくて可愛い。さらさらとした黒髪、濡れた大きな目をふちどる睫毛《まつげ》。知能はおそらく普通のメスの半分以下だし、鱗の生えない身体は抱きしめると体温を感じる。けど、上唇をめくり返してみると歯ぐきの両脇には小さな牙がちょんと生えていて、見た目は全然違うのに、この子たち、確かにメスなんだ、って思う。

「その頃の人間はさ、きっと今みたいにオートマティックに生殖させられるよりか、ずっとのびのび生きてたんじゃないかな。出生率だって、一・〇を上回ってたんだろ。それってすごいことだよ」

夢見がちなエイジくんは過去の世界を美化しすぎている気がする。けど、私は余計なことは言わない。彼の澄み切った目を、最初の時みたいに怒りと怯《おび》えで歪ませたくない。

「育ってきた背景も、考え方も、何もかも違う個体同士がさ、何かをするためにずっと一緒にいるなんて、なんか、すごい、キセキみたいじゃね？」

さっきからこんこんと私の口の中には唾が溜まり続けている。それは唾液腺というより、もっとずっと下の方、足の付け根のあたりから湧き上がり、身体を熱くする。けれど私の硬い鱗は皮下熱を閉じ込めて、こんなに近くにいる彼にすらそれを伝えない。

「昔はさ、男と女が好意を伝え合う時に『月が綺麗ですね』って言ったらしいよ」

そう言ってエイジくんはうっとりと空を見上げる。

「まだまだ、俺らの知らない世界があるよなあ。俺、お前みたいな女がいるってことも驚いたもん。こんな風に、女と喋れるなんて思ってもみなかった」

エイジくんはわかってない。恨めしい気持ちで私は膝を抱える。彼は私がこの硬い鱗の下にどんな欲望を隠し持っているのかまるで気づいていない。少しでも気を抜けば、鋭く尖らせた私の鉤爪《かぎづめ》は反射的にエイジくんの喉元に向かおうとして震えるのに。

エイジくんはこれからどうするつもりなのだろう。彼が「城」と呼び、子供たちを匿《かくま》っているこの瓦礫の山だって、誰かに見つかってしまえばひとたまりもない。こんな生活、いつまでも続くわけもない。エイジくんの向こうみずなナイーブさに、私は苛立つ。でもその苛立ちは、彼の顔を見てしまうと、途端にケーキの上のクリームみたいにやわらかくて甘ったるいものへと変質する。

遠くでサイレンの音が響いた。狩りの終わりを告げる合図だ。

「そろそろ、帰るね」そう言って私は立ち上がった。フェンスの方に向かって歩き出す。

「また来いよ」

不意にエイジくんが背後から言った。せっかく抑えこもうとしていた心臓は、その一言で不甲斐なくぴょん、と元に戻ってしまう。

「俺、これまで変わり者扱いされて、友達とかいなかったからさ、お前としゃべんの、楽しいよ。女の中にもさ、お前みたいに生殖にキョーミない奴、いるんだな」

彼と私は、同じ月を見ることすらできない。月の綺麗さすらも共有できない私たちが、それ以上のものを共有するなんて絶対に不可能だ。

どろりと濁った月に見下ろされながら、私はただ、頷くしかなかった。

※

生理が来るごとに、私は一ヶ月前と代わり映えのしない自分を発見してブルーになる。毎月毎月、命にならない細胞片を脚の間から吐き出して、一体なんの意味があるのだろう。

卒業がいよいよ間近に迫り、同級生たちの間にも焦りが見え始めた。すでに何人かの子は「成功」して、訓練を欠席し始めている。私たちの班に、まだ欠席者はいない。

マミちゃんは最近、こっそり他のレッド・トーンの班に交ざって地上に行っているのがバレて怒られたらしい。やだあの子、そんなにしょっちゅう男を食べたいのかしら。そんな陰口を叩かれても、マミちゃんは全く気にしない。最近は中毒みたいに欲しくて欲しくてしょうがないって言ってた。妊娠するために食べたいのか、食べたくて食べたいのか、本人も分からなくなっているみたいだ。

「妊娠したい、妊娠したい、妊娠したいぃぃ」そう叫びながら、シホちゃんは夢中で男の身体にかぶりついている。脂汗を流し、ぺったりと髪を頰に張り付かせ、何かに追われているような、苦しいのか気持ちいいのかわからない形にひしゃげた顔で一心不乱に腰を揺り動かしている。

私は二人から顔を背け、代わりに遠くの空を見上げる。来月はまた、F-1地区のあたりが狩猟エリアに指定されていたはずだ。

来月また彼に会える。そう思うだけで気が狂いそうになる。

エイジくんの顔が見たい。もっと近くに寄りたい。抱きしめて骨を粉々にして、ごりごりと腱《けん》を嚙み切って、ひとかけらも残さず全てを飲み下してしまいたい。柔らかそうな腹部に歯を立てて内臓を引きずりだして、ぶちゅぶちゅって嚙み潰して、温かい血が喉に流れ込むのを感じて、髪も爪も眼球も、全部全部、私の糧にして、すっぽりと体内に納めてしまいたい。

そう思った瞬間、はっ、と我に返る。だめだ。「食べない」って彼と約束したんだ。エイジくんの、子供たちを育てたいって気持ちを尊重したい。にもかかわらず、気付いたら彼の骨を嚙み砕くごりっとした感触とか、はりつめた皮膚がぷちぷち裂ける食感とか、筋肉の繊維の一本一本から染み出す肉汁のあったかさとかを想像してる。

どうしよう。私、食べたいんだエイジくんを。こんなにも強い食欲が自分にあるなんて思ってもみなかった。ああ食べたい食べたい食べたい。好き。食べたい。一緒にいるには食べられない。でも、他の女に食べられるのは、もっと嫌。

海、が見たいな、ってふと思った。

この気持ちも、戦いも妊娠もぜんぶ忘れて、あの、とろっとろの液体栄養剤《リキッド》みたいな、あたたかな碧《みどり》の中に身体を沈められたらどんなにいいだろう。

※

「まぁた、この子はトリップしちゃってるよ」

そう、ヒトミちゃんの声が耳元で響いて、私ははっと我に返った。

いつのまにか授業は終わり、教室には私とヒトミちゃんしか残っていない。

「大丈夫？　なんか最近、いつにも増してぼーっとしてんね」

ヒトミちゃんはそう言いながら、椅子に座った私の顔を覗き込んだ。

「もうすぐ卒業じゃん。心配だよ。配属先バラバラになっちゃったら、今みたいに会えないんだからね」

「……うん、大丈夫。ごめん」私は視線を彷徨《さまよ》わせた。ペリドットの美しい眼。この眼に見つめられると、私は自分が途方もなく、ちっぽけな存在に思える。

「ユミさぁ、最近、狩りしてる？」

不意に聞かれてどきりとした。

「最近、狩りの最中もしょっちゅう別行動だしさ、なんかあんのかなと思って」

「……ヒトミちゃん」

私は思い切って言った。

「私、男を好きになった」

ヒトミちゃんのシャープな目が、お月様みたいにまん丸になる。

「へえええええ?!」

聞いたこともない素っ頓狂な声が、教室じゅうに響き渡った。

「は？　好き？　は？　うっそでしょ？　マジで？」

「……うん。ほんと」

「え？　恋、ってやつ？」

「……たぶん、そう」

ヒトミちゃんは目を白黒させて、信じらんない、というように天を仰いでいる。

「いつから？」

「半年ぐらい前から」

「どこの地区の人？　年齢は？」

「F‐1。同い年」

「何やってる人」

「……無職」

「無理。マジ無理。あんた絶対幸せになんかなんないよ」

ヒトミちゃんは頭を抱えると、それきり黙ってしまった。

やわらかな前髪がさらりとこぼれ、下を向いた形の良い顔を隠す。彼女はやっぱり綺麗だ。けど、今の私はその上にエイジくんの面影をつい、重ねてしまう。

「食べちゃえばいいじゃん」

不意にヒトミちゃんが言った。

「食べて、自分のものにしちゃえばいいじゃん」

私は俯《うつむ》く。同時に、お腹がきゅるる、と鳴る。

エイジくんの目を思い出す。思慮深そうで、あたたかで、笑うと三日月型にひしゃげるあの目。あの目が信じているものを、壊すことなんて、私には絶対にできない。

「わかってる……でも、そばにいたいんだよ」

もう一度、お腹がきゅる、と鳴る。

「食べられなくったって、妊娠、できなくったって、名誉女性になんかなれなくったって、ずっとそばにいたいんだよ」

ううん。それは嘘だ。

エイジくんとセックスしたい。エイジくんの子供がほしい。エイジくんを口いっぱいに感じたい。エイジくんのペニスが、私の中心を突き上げるところを想像して身震いする。私のやわらかい下腹部が、彼の下腹部とこすり合わされるところを想像する。内側から、こんこんと、甘くて、ねばっこくて熱い何かが湧いてきて、子宮がびくんとふるえるのがわかる。

エイジくんがほしくて、痛いくらいに敏感になっている、私の臓器。ただの一つの器官のはずなのに、なんでこれはこんなにも、私を支配するのだろう。いっそここだけになってしまえたら、どんなに良いだろう。そうしたら私はためらうことなく彼を食べるのに。

「あーあ、なんか、ユミが遠くなっちゃったな」

しばらく下を向いていたヒトミちゃんが、急に言った。

「正直、ちょっと寂しい……うらん、違うな。羨ましいのかも」

私は驚いて顔をあげる。ヒトミちゃんが、私を？

「ユミみたいにちゃんと立ち止まって、自分なりに悩むってこと、私にはできないもの。……私はさ、決められたルールの中で、点を取るって事しかできないからさ。戦争で活躍するのが女の使命です、って言われたら、素直にそうしよって思うしさ、コドモ産んで、って言われたら子供産みたくなっちゃうしさ。単純なんだよね」

自虐めいた口ぶりとは裏腹に、その表情はいつも通り晴れやかで、もう驚きも困惑も浮かんではいない。

「……あ、でも、コドモほしいっていうのは、けっこうホント。どんなにクソみたいな世の中でも、なんか、次につながるもん作りたいんだよね。そしたらそのうち良くなるかもしんないからさ……その子だっていずれは戦争に行って死んじゃうかもしれないし、何の役に立つかはわからないんだけどさ」

端整な彼女の横顔の上を、近くを飛ぶ人工衛星の光がさらさらと水のように流れてゆく。瞳に煌《きら》めきが乗り移り、翳《かげ》り、また次の煌めきへ。その間にも凜々しい視線は宇宙の果てまで届きそうなほど真っ直ぐ遠くに注がれていて、私はそれを見ながら、その視線を遮ることなんて誰にもできないし、もしそんな事が起きたら、その時私はどんなことでもして、全力で彼女を助けよう、とふと思う。

私さ、とヒトミちゃんは続けた。

「前にユミに、なんで男食べて、子供なんか産むんだろ、って聞かれた時に考えたんだけどさ。それって、たぶん、退屈だからなんだよね」

「退屈？」

「そう。本能だからとか、生き物だからとかいろんな言い訳ができると思うんだけど、そんなもん、ただ社会の都合に合わせて作られたものでしかなくってさ」

急に始まった話についていけず、私はぼんやりと彼女の顔を見る。

「本当はみんな、退屈が怖いんだよ……退屈したくなくてさ、戦争もするし、子供も産むし、男も」

「食べるし」

「そう」

ヒトミちゃんは笑った。

「きっと、埋めなきゃ気が済まないような穴が、私たちの体には開けられていてさ、……私たちがやっていることは、全部、それを埋めるための作業なんだ」

「……私がエイジくんを好きなのも、そのせいなのかな」

「私ね、最近生物の本読んでて、驚いたことがあってさ」

私の問いには答えずにヒトミちゃんは続けた。

「私たちの膣とか子宮ってさ、身体の内側にあるって思ってるじゃない？　あれってさ、本当は外側なんだよ」

「え、どういうこと？」

「だからさ、考えてみてよ。人間の身体って一本の空洞なわけ。食べ物を入れる所があってさ、出す所があるわけでしょ。それでさ、子宮と膣も〝内臓〟っていうくらいだから、身体の内側だと思ってたんだけどさ、あれって本当は、身体の中のどこともつながってない、外側に穿《うが》たれた、窪《くぼ》みみたいなもんなんだよね。つまり、ただの、表面にできた、へっこみ」

「へっこみ」

「そう。ただの、へっこみ。……だからね、ユミ、私たちが普段、ペニスを出し入れしてるのもさ、子供を宿して生み落とすのだってさ、実は全部、身体の外側で起きてる出来事なんだよね。コドモだってさ、私の体の外側の窪みに、ちょこっとだけ宿ってさ、そんでまた、外の世界にもどってく、ただ、それだけのことなんだよね。誰もさ、オトコだってコドモだって、私たちの身体の中に、入ることなんてできないんだよ」

だからね、とヒトミちゃんはほんの少しだけ口角を持ち上げて続けた。

「別になにやってたってさ、所詮《しょせん》、私の身体の外側を、ぜんぶ滑ってくだけだからさ……、そう考えたら、どんなことだって別に、大したことじゃねーなって、思うよ。だから、一周回って、せめて私ができることなら、なんでも精一杯、やろうと思うんだよね。いくら退屈だって叫んでてもさ、何も入ってきてはくれないからさ。……たとえ、私が決めたことじゃ、ないにしてもさ」

月が視界の隅でさっきより一度傾いて、校舎じゅうに七限目の始まりを告げるチャイムが鳴り響いた。じゃあ私、特別戦闘演習《トクセン》あるから行くね、そういつもの笑顔で言って、ヒトミちゃんは教室の出口の方へ駆け出してゆく。

ドアのところでくるり、と振り返り、私に向き直ると、彼女は大声で言った。

「だからさ、ユミも、その、恋とかいうの？　自分で決めたんならさ、ま、精一杯やんなよ。応援、してるからさ！」

ありがとう、ヒトミちゃん。

私は彼女に向かって思いっきり、手を振る。

そうしてヒトミちゃんはそのまま死んでしまった。


ヒトミちゃんは妊娠していたらしい。この世に生を享《う》けてたった一ヶ月の小さな命と共に彼女は死んだ。第三演習フィールドで実戦訓練中の生徒たちを急襲した敵機は、彼女の乗った演習用戦闘機を一瞬で粉々に破壊し、他に十五人の生徒の命を奪って逃げた。こんな悲痛な出来事は我が校始まって以来、とセレモニーの壇上で校長は言ったけど、そんなこと私たちにとってはどうでもよかった。

本当に悲しい時って、涙も出ないんだ。

私は、大破した機体から回収されたヒトミちゃんの遺体の、冷たいぺたんこのお腹を火葬前に撫でた。こんな平べったい身体の中に、新しい命が宿っていたなんて信じられなかった。

逃げちゃえばよかったのに。

戦闘訓練にも狩りにも、何もかもに一生懸命だった、まっすぐで賢いヒトミちゃん。そんなの、嫌だよっていって、逃げちゃえばよかったのに。私と一緒に、逃げればよかったのに。

入学したばかりの頃、訓練があまりに辛《つら》くて泣いたら、ヒトミちゃんが手を差し伸べて涙を拭いてくれた。ユミ、痛みっていうのはいつか消えるから、生理と一緒で、済んでしまった痛みっていうのは、またやってくる次の痛みに押し流されて消えるから、だから、私たちは、次の痛みに備えて、戦わなきゃいけないんだよ、って。

分からないよ、ヒトミちゃん。

私はたった一人で、これからいったい、なにと戦わなきゃいけないんだろう。戦って何を得るんだろう。この痛みはいったいどうやったら消えるんだろう。

その答えはきっと、数千年分の人類のデータベースをさらっても、絶対に見つからない。

※

私はくしゃくしゃの紙切れみたいな気持ちで、次のレッド・トーンの時にも迷わずエイジくんのところに向かった。ヒトミちゃんのことを話したかったたし、これからどうしようって、この気持ちを共有して、慰めてもらいたかった。

「城」の周辺は不気味に静まり返っていた。ひゅうひゅう、遠くで巻き上がる砂嵐の音だけが響いている。エイジくんも、αもβもいない。みんな、どこに行ったんだろう？

不意に「城」の向こう側から、かたかたかたかた、と不穏な振動音が聞こえてきた。瓦礫の山全体を震わせるような、いらだたしげで、寂しげで、それでいて何かをねじ伏せるような、尖り切った音。

私、この音、知ってる。そう思った瞬間、心臓がぎゅっ、と跳ね上がり、呼吸が浅くなった。

砂埃の中に、ぷん、と湿った乳臭い匂いが混じる。私はこの匂いが、ある時に限り私たちの体から発されることを知っている。

「城」の向こうではマミちゃんがエイジくんを犯していた。

マミちゃんは一心不乱に腰を動かしている。地面に組み敷かれたエイジくんの首からはおびただしい血が流れていて、力の抜けた上半身はマミちゃんが体をくねらせるたび、できの悪いシーソーみたいにばいんばいん、と地面に叩きつけられている。

「エイジくん!」私は叫んだ。マミちゃんが顔を上げる。先生の悪口を言う時の、授業の文句を言う時の、あの底意地の悪い笑顔が、大粒の汗とともに彼女の顔に浮かんでいる。

「ユミ」マミちゃんは立ち上がった。ずる、とエイジくんのペニスが引き抜かれる。死にかけているにもかかわらず、それは真っ赤に充血したまま、彼女の両脚の間にそそり立っている。

「やっぱり、今日も来たんだ」

マミちゃんはにか、と口を開けた。

「なんで」

「いっつも狩りほっぽらかして、どこ行ってんのかなと思ってたんだよねぇ。……それで、この前尾《つ》けてみたらこれだよ。笑っちゃう」

エイジくんはゴム人形みたいに四肢をだらんと投げ出し、苦しそうに喘《あえ》いでいる。喉の傷からひゅう、ひゅう、と呼吸を漏らし、その度に血がごぼ、と口から溢れ出る。

私はマミちゃんの口についている赤い血が、エイジくんの首から流れ出ているものと同じだって認められずに、仁王立ちになったマミちゃんと、その足元に横たわるエイジくんの姿を何度も何度も見比べる。

「びっくりした？　誰も気づいてないと思った？　……残念でした。獲物は早いもの勝ちだよ」

「獲物、じゃない」

怒りと恐怖で動けなくて、混乱で言葉が出なくて、私はやっとの事で拾った単語に反応するよりなかった。

「エイジくんは、獲物じゃない」

「あっははははは」マミちゃんの耳障りな笑い声が、乾いた空に響き渡った。

「じゃあなに？　なんなのさ？　この男と、死ぬまで出来損ないの子供育てて、幸せに暮らしました、ってか？……あんたって本当に甘いよねえ、ユミ」

マミちゃんが自慢の足で地面を蹴った。あっと思う間もなく、マミちゃんの意地悪な顔が目の前いっぱいに迫る。とっさのことに私は動けない。マミちゃんの太い指が、下あごに食い込む。

「私、あんたのそういうとこ、大っ嫌い」

ぎり、と強い力で締め上げられ、呼吸ができなくなる。視界が真っ赤に染まり、身じろぎすらもできない。

「あんたはさあ、そうやっていっつも、私だけは違うんです、みたいな顔してさ、フッーから外れちゃったカワイソーな私、みたいなふりしてさ。私たちが必死に狩りして、訓練して、いい成績取ろうってしてる間にも、自分は関係ありませぇんって顔して遊んじゃってさ。ずるいんだよ」

ひしゃげたマミちゃんの目は見たこともない色に燃えていて、彼女の怒りが瞳を通して私の中に流れ込んでくる。

「それで甘える相手見つけて、それで死んだら別の相手、って……ほんと、むかつくわ」

私じゃない誰かに言い聞かせるみたいに、高らかに、ゆっくりとマミちゃんは言う。

「いい？　私たちの意思なんかね、超ちっぽけなんだからね……私はゼッタイ戦争なんて行きたくないし、ヒトミみたいに犬死にしたくないの。意地でもコドモ産んで、名誉女性になって、死ぬまでダラダラ、楽しく、バカみたいに、暮らしたいのよ。すごいねって、よくやりましたね、って祝福されて生きたいのよ、わかる？　それが道理なんだからさ」

「マミちゃんの気持ちは分かるよ」

私は地面を精一杯踏みしめ、マミちゃんとまっすぐに向き合った。

「……けど、私に怒ったって」

「あんたみたいなさあ！」マミちゃんは叫んだ。

「あんたみたいな、本能を無視して、好き勝手やって、後のことは知りませぇんって、コドモ作るのも忘れたバカな先祖のせいでさ、私たちは今、こんな目にあってるわけ、いつ死ぬかもわからないような、やりたくもないことしなきゃいけないような目にあってるわけ。そんなのってないじゃない」

泣き笑いのような、くしゃくしゃの顔で彼女は続けた。

「私は絶対、そんなのの割を食いたくないわけ。……いい？　ユミ。あんたのやってることはロマンチックに聞こえるようでさ、ただのビビリだよ」

そうかもしれない。けど、何かが決定的に違った。マミちゃんの言うことは確かに正しくて、けど私は決して何かに逆らっているわけじゃなかった。むしろ逆らわないように生きた結果がこれで、だけどそんなことは今のマミちゃんに言ったってしょうがなくて、彼女の他にぶつけようのない怒りは今、私に向いていて、私の顎は凄まじい力で押さえられてて、そうしてる間にもマミちゃんの向こうにいるエイジくんの体からはおびただしい血が流れ出ていて、その向こうではαとβが瓦礫に隠れて震えていて、さっきから聞こえるひゅう、はあ、って彼の苦しそうな呼吸の音が、だんだん、弱くなっていることに気づいた瞬間、私はいてもたってもいられなくなり、気付いたらマミちゃんを思いっきり突き飛ばしてエイジくんのもとに駆け出していた。

「エイジくん！」

ちょっとぉ、と叫びながらマミちゃんが私の肩を鷲掴《わしづか》みにした。めり、と肉が裂け、鱗が剝がれ落ちる。

「人のもの、横取りしないでよ」私たちは揉みくちゃになりながら地面に転がった。感じたことのない痛みと、怒りと、自分でも抑えきれない衝動が体の中に渦巻いて、私は自分の四肢がどこにあるのかさえ分からなくなりながら、必死で彼女に抵抗する。

「あんただって――」私を羽交《はが》い締《じ》めにしながら彼女が叫んだ。

「あんただって、ほんとは食べたいくせに！」

「食べたいよ！」私は叫んだ。

「けどそれ以上に、手に入れたいものがあるんだよ！」

マミちゃんの鋭い爪が光った。私は咄嗟《とっさ》に目を閉じ、ありったけの力で周囲のものを薙《な》ぎ払《はら》った。ぐと、と重たい手ごたえが手首に響く。目を開けると首のないマミちゃんの胴体が地面に転がっていた。

慌てて駆け寄った私の顔をエイジくんは目を開けてはっきりと見つめた。

「あー、俺、αとβ、守ってやれそうにないわ」

エイジくん、と名前を呼んで、彼の頰に手を当てる。鱗に覆われていない手のひらが、彼の肌の熱を吸収して発火しそうなほど熱くなる。同時に彼の身体からはこの上なく官能的な匂いがして、私は思わずぎゅうっと身を硬くする。

粘っこい血の塊を吐き出して、彼は続けた。

「お前さ、俺を食ってよ」

「え」びっくりして私は彼の目を見つめた。

「いいんだ、もう」

強い力で腕をひっぱられて、私はよろけた。抱き寄せられて、私の身体は彼の身体とぴったり重なり合う。

「女になんかぜってー食われたくないって思ってたけどさ、お前にだったら、いいよ……俺、なんつーかさ、お前にだったら、遺されたい。お前ん中に遺されたいよ」

「エイジくん」

寄せては返す波のように、エイジくんの胸の鼓動が私の胸に響き、熱い音を立てる。

「なぁ、頼むから俺のこと食って。……そんで、できればαとβのこと、面倒見てやってくんない」

涙が頬を流れる。ヒトミちゃんの言う通りだった。痛みは次から次へとやってきて、尽きない。私の中には、きっと生まれた時から一生分の涙が内蔵されていて、使い果たすまで神様は死なせてくれないのだ。そうだ、それまでは、生きてかなきゃいけないんだ。これは本能に背こうとした罰だ。でも、それを一緒に受けてくれる人が居るなら、私は……。

「エイジくん、ごめん」

目からぼたぼたと垂れ落ちる涙が、エイジくんの頬の上で彼の血と混じり合い、透明な渦を描く。

「私、エイジくんのこと、ずっと食べたいと思ってた」

ははは、とエイジくんは笑った。ぜろ、と空気と血の混じり合う音が響く。

「両思いじゃん」

「エイジくんの命、もらっていい？」

うん、と言うようにエイジくんは目を伏せ、私の頭を引き寄せた。熱い唇と唇が触れる。他人同士だからできる、愛の証。彼の手がそっと確かめるように、私の鱗に覆われていない胸に触れる。ぎこちない動きで、かさついた指先が肌の上を移動する度に、溶け落ちるような甘い痺れが触れた箇所から全身に広がってゆく。

私はエイジくんの上にまたがった。これまで何回もやってきた、慣れた動作。私の脚の間で、破裂しそうなくらいに尖ったエイジくんのあれが、ただ一つ、明確な意志を示している。エイジくんの腰を抱きしめるように太ももで固く挟みながら、ゆっくりと彼を中に引き入れた。熱い波が身体を駆け抜け、内臓の表皮がざあっと粟立つ。全ての細胞が屹立するような喜びが、お腹の奥から湧き上がる。ああ、そうだ、私は、これが、欲しかったんだ。ずっと、ずっと、ずっと。

「エイジくん、エイジくん、エイジくん」

エイジくんはもう、答えない。痛みなのか、快楽なのか、分からない朦朧《もうろう》とした顔で、必死に腰を動かす私の顔を見上げている。今まで見た事の無い、優しい表情。その目には空に浮かぶ月が映っている。エイジくんの潤んだ瞳の中で、月たちは濁った姿ではなく、まるで水の底に沈んだように綺麗な白い姿を取り戻している。ヒトミちゃんの、よくしなる白い体がふと脳裏に浮かぶ。祈るように、全てを手放すように、男の上で命を燃やしていた彼女。白い乳房。白い頬。まっすぐに私を見つめていた彼女の瞳。それら全て、不意にぼやけた視界の中で彼の姿と一つになる。

ああ、私がもらおうとしている命はきっと一つじゃないんだ。

死んじゃったヒトミちゃん。死んでいった同級生たち。ずっと前に死んでいった、誰かと誰かと誰かと誰か。命って相似形を編み継いで、細胞ひとつ遺さずに地上から消えていった、たくさんの女たち。

不意に、お腹の底から、あつくて、かたくとがって、さきっぽのある、エイジくんのペニスよりも大きくて強いなにかがつきあげてきて、私は赤ちゃんみたいに泣きじゃくりながら、海の水と同じものを、目からぼたぼたこぼしながら、エイジくんのお腹に、なんどもなんども、腰を激しく打ち付けて、そのたびに、エイジくんはびくんとふるえて、首筋から血が流れて、もう、どうしようもなくて、もう止めらんない、止めちゃダメだって誰かが言って、そう、止めちゃだめなのだ。私は生命の流れを、止めちゃだめだったのだ。その鋭い敗北が、私と、死にかけているエイジくんと、私のお腹の中にもうすぐ誕生しようとしている新しい生命を、一本の槍のように、深く深くまっすぐに、三つあわせて串刺しにして、私はお腹の中で鳴り響く、エイジくんのもう一つの鼓動を子宮の壁で聞きながら、自分よりもずっとずっと大きな誰かの声に従うように、すでにだらんと垂れ下がったエイジくんの首筋に牙を突き立て、根っこから喰い千切った。

※

口の中で、頭蓋骨の割れる、ばり、という音がする。

もう今日三度目の〝食事〟だ。引きちぎり、咀嚼《そしゃく》して、吐き出す。とたんに子供たちが駆け寄ってきて、倒れた獲物にかじりつく。

私はαとβと一緒に「城」で暮らし始めた。地上は広い。女一人と、子供二人をかくまってくれるくらいには。私たちは瓦礫の山に隠れて日中を過ごし、夜になると狩りに出る。

狩りの対象はもちろん、男だ。

ためらいはない。狩りは悦《たの》しい。むせるような血の匂い。引きちぎれる筋繊維の重たい感触。生きている命をそのままもらいうける、熱気と質量。こんなにも悦しいことだなんて、ユングにいるときには誰も教えてくれなかった。

最近、αの唇をめくったとき、犬歯が鋭く伸びてきているのに気がついた。βの顔は、だんだん私に似てきている。そろそろこの子たちにも狩りのやり方を教えたほうがいいだろう。一人では到底、一日の食事量に追いつかない。私の食欲も、最近急激に増した。

私は足指にぐっ、と力を込めて砂漠の向こうを見つめる。背後にはαとβがいる。彼女たちの痛いくらいの尊敬のまなざしが、私の全身を貫いている。目の前には巨大な沈み行く太陽がある。まるで、崩れ始める最後の瞬間の姿を誰かに知ってもらおうと、迸る血の色を溶かし出し叫ぶように燃えている。その下に広がる砂煙の向こうに、近づいてくる「テキ」のシルエットが揺らめいている。

αとβを狙う男。私を捕まえにくる女。テキ。テキ。テキ。敵はあらゆる姿をして、どこからでもやってくる。私はそれをひたすら迎え撃つ。αとβと、もう一人の命のために。

今、私のお腹の中には新しい命がいる。エイジくんが繋いだ、この、クソみたいな素晴らしい世界に出て行こうとしている新しい命。溢れる唾を飲み込んで、私は下を向き腹部に向かって、ありったけのテレパシーを送る。待っててね。今、最高の栄養をあげるから。

螺旋《らせん》だった。終わることなき螺旋が私の身体を貫こうとしていた。

そこに突き刺さっているのは私だけじゃない。ほかの女たち、これまでにこの地上で命を紡《つむ》いできた、何千何万何億の途方もない数の女たちが、同じくこの螺旋に身を貫かれて、遠い宇宙の彼方まで、永遠に連なっているのだった。多くの女を突き刺したまま、無限に伸び続けるその螺旋の槍の、一番先端に今、突き刺さろうとしている私の胸には、こんこんと燃える命の火が、その摩擦によって、灯ろうとしているのだった。

私は怖くて、そして、気づいたら笑ってた。なあんだ。みんな同じだったんだ。ここにいたんだ。私の、お母さんたちは。

あ、は、は。

私は笑いながら、前を見た。

暮れかけた空が、不思議と平穏な気持ちにさせる。どろりと溢れた卵黄のような、哀しく可笑《おか》しく暴力的な日の丸の中、ぼんやりと浮かび上がったテキのシルエットに向かって、溢れ出る唾を飲み込みながら、私は全力で駆け出してゆく。

バースデー

　夏休み明けて学校に行ったら突然クラスメイトの性別が変わってた、ってニュースは最近ネットとかでもよく見るし、私も別にふーん、って感じだったんだけど、自分の親友がそうなったんなら話は別だ。なんせちえと私は幼稚園の、タテセン一本引いたみたいなスジマンの頃から裸できゃっきゃ戯《たわむ》れてた、ガチの大親友、正真正銘のB　F　F《ベストフレンドフォーエバー》でB　A　E《ビフォアエニワンエルス》で竹馬《ちくば》の友でズッ友で、とにかく互いのことはなんでも知ってる（と、思ってた）世界で一番大事な幼馴染《おさななじみ》なんだから。

9月2日

「全身の染色体《せんしょくたい》を書き換えるんだよ」

男になったちえは私の横を歩きながら相変わらずのポーカーフェイスで他人事《ひとごと》みたいに説明する。

「繭《まゆ》みたいな小型のポッドの中に入って、一ヶ月過ごすの。その間に特殊な溶液が全身の細胞に浸透してXX染色体をXYに書き換えてくれるんだよ。記憶も人格も元のまま。肉体の性別だけが魔法みたいに書き換わる」

「つまり、元から男だったみたいに？」

「元から男だったみたいに」

「手術の間の記憶はあんの？」

「ううん。ない。麻酔打って、そのまま昏睡状態になんの。なんかあったかくて、狭くて、お母さんのお腹の中にいるみたいな不思議な状態が続いて、ちえさん、って呼ばれて目、覚ましたら、ベッドの上にいて、男になってるのを発見したわけ」

性変容手術《トランスフォーメーション》が日本で解禁されたのは今年の四月からで、けどあまりの危険度の高さと倫理的にどうなのって声にいまんとこは性同一性障害って国から認められた人にしか許可されてなかった。けどどんなものにも抜け道はある。バカ高い金額、それこそ全財産を擲《なげう》てば裏でやってくれるような医療機関は当然あって、それが最近問題になってるってことは私もニュースとかで聞いて知ってた。

けどそんなん所詮、都会の進んだ人たちの話で、こんな田舎の平凡な女子校、しかもいまだにクラスの半数の女子が専業主婦志望って超保守校の、まさか、まさか自分が毎日机並べて馬鹿騒ぎしてる親友が、それを受けるなんて当然、想像したことすらなくって、私は夏休み明け朝イチのいつもの待ち合わせ場所の踏切で「ちえだよ」って手を挙げたかっこいい男子がまさかまさか本当に本人だとは思わなくて、新手《あらて》のストーカーかナンパかドッキリか、新興宗教の勧誘かと思ってはあ？　って声出しちゃって、けど、そいつが元の──女だった頃のちえの学生証と、パスポートと二人で夏休み前の終業式の日に撮った自撮りと、さっきまでやりとりしてたＬＩＮＥの画面を見せてきて、ようやく本当に本当の本物のちえだってわかって、わかったはいいけどなんていうか、途端《とたん》にうちらが過ごしてきた十七年分の何かが突然、ガラガラガラッて崩れちゃった気がして、やっぱり、はあ、って声出して、五分くらいフリーズしちゃった。

「ええー、今日から２－Ｃの堂島は男として暮らすことになりました」

校長が壇上で冷や汗を拭きながら話してる。その隣に立ったちえは子供の頃にバレエで培ったきれいな背中を完璧なまでにぴんと伸ばしてまっすぐに宙空を見つめてる。講堂に集められた百二十人分の、レーザー光線みたいな黄色い視線を全身に浴びながら。

「みなさん、突然驚かせてごめんなさい」

校長の、終わったのか終わってないのかもわからない紹介を遮るようにして、ちえは話し始めた。

「自分は今まで、ずっと男になりたいと思って生きてきました。今回、体の性別を心の性別と一致させるために手術を受けました。これから先の学生生活をどうするか、先生たちと話し合って決めていきたいと思いますが、ひとまずはみなさんと一緒に授業を受けます。疑問点や気になることがあれば、いつでも先生か自分に直接言ってください。——迷惑をかけることもありますが、どうぞよろしくお願いします」

完璧だった。講堂中が、ちえの穏やかで、けど張りのある声に包まれて、次の瞬間には戸惑い半分、素直な賞賛半分って感じの拍手が沸き起こった。きゃあ、とか、がんばれーとか、女相手にはゼッタイ出さないカン高い声が飛ぶ。ちえからマイクを受け取った校長がしどろもどろになりながら事務連絡を続ける。なし崩し的に始業式が終わって、私たちは教室になだれ込む。

思った通り、周りは大騒ぎになった。下級生から上級生までが教室の外に張り付いて、うっとうしいったらありゃしない。そのうえ先生たちまでひっきりなしに入れ替わり立ち替わり眺めにくるもんだから、私はムカついた。ちえは学校内ではけっこーな有名人で、テコンドーの大会で何度も優勝しててファンも多かったから、そりゃ騒がれるよなって感じではあるけれど、ちえはもうそんなことははなから想定済みって感じで、

「うちのがっこさ、いくらバカだからって、二学期初日から授業あるってありえなくない？」なぁんて涼しい顔して言ってる。

そのうち担任のサクちゃんがちえを呼びに来た。ちえは野太い声で、はあい、と言うと、大きな体を持ち上げて教室を出てった。教室じゅうの皆が、彼女、じゃない、彼の一挙一動に注目してる。

「ねーね、ひかりはさ、ちえが手術受けるって知ってたの？」

ちえが居なくなった途端、クラスの子たちがさっそく話しかけてきた。

「……知らない」

私は眉間《みけん》にシワを寄せてすっごく小さな声で答える。

「へえ、ひかりにも言わなかったんだ。よっぽど知られたくなかったんだね」

「びっくりだよね。本当にトランスフォーメーション手術なんて受ける人いるんだって感じ」

「よく思い切ったよね、こんな田舎で、噂になるの不可避なのにさあ」

「ってか、ちえ、めっちゃかっこよくなってない？」

「それな！」

「えー、本気で言ってんの？」「アイドルの××に似てない？」「いやいやいや、ちょっと違うっしょ」

きゃはははは、教室中がそこにいない人の話題で埋め尽くされてる感じって、私は苦手だ。勝手に開けちゃいけない扉を開けて、中を覗《のぞ》き込んでる感じがする。

「ってか、私、ちえがレズだって知らなかった！」

「レズって言わないんだよ、LGBTだよ」

しょうもない会話に、私はキレそうになった。みんな好き勝手言いやがってさ。けどしょーがない。私だって似たようなもんだもん。ほんのさっき、おはよう、っていつもの通り、ちえに会うまでは。スマホの中身は秒単位で進歩するくせに、うちらの半径五メートルの世界はまるでアップデートされてなくて、超高速で発達する科学の恩恵受けて変身したちえは逆浦島太郎ってかんじ。

「でもさ、うち、女子校じゃん。このままずっとうちにいるのかな？　転校とかもありえるくない？」

ちえは昔っから何考えてんのかわかんないとこあって、でも私たちは幼稚園のスクールバスで同じ停留所だった頃からの親友で、ずっとずっと一緒にいて、言葉にしなくてもそばにいれば大丈夫って二人とも昔っから思ってて、夏休み、一ヶ月一緒に過ごせないって終業式の日の夜にちえからメッセが来た時も、私は結構ショックだったけど、幼馴染って言ってもこの歳になると色々あって、クラスメイトでも親が借金作って飛んじゃったりとか、親戚のいざこざに巻き込まれて急に転校とか、そんなことはザラで、みんな色々あるよねってそういうのがわかってくる年齢で、つるむにしたって一定の距離で付き合うのが当たり前っつーかそういう作法？　みたいなの、あって、だから私は、頑張りやのちえのことだから今から受験のために都会の予備校にでも行くのかなって、そう思ってあえて連絡しなくて、別の子たちに仕方なく遊んでもらって、ちえがいない一ヶ月をやり過ごそうとしてた。そしたらさ、二学期初日に男になってんだもん。そんなことある？

一時間目の途中でちえが教室に帰ってきて、うちらはまたざわついた。

机の下で、私たちはこっそりＬＩＮＥを交わす。

「サクちゃん、なんだって？」

「とりあえず普通に学校おいでってって。そんぐらい。そっから考えよって」

私はサクちゃんが担任でよかったなって思った。サクちゃんは五十代のおばちゃんで、三人も子供がいる。今の出産は人工子宮が当たり前で、自腹なんて全然メジャーじゃないから私はすげーって思う。いつだったかサクちゃんにそれ言ったら、あんたたちだって元々その機能持って生まれてんだから大事にしなよ、って言われたけど「産むことができるのをありがたがる」みたいな感覚、いまの時代に生きてる私にはわかんない。女なんて男とおんなじものを求められるのに、体ばっかり弱っちくて、対等には扱ってもらえないの、いいことないじゃん。ってとこまで考えて、あ、って思った。もしかして、ちえもおんなじように感じてたから男になったのかな？

「ちえ、体育とかはどうすんの」

「うーん、参加できるとこだけ参加する」

「そっかあ」

これから一緒に組む相手、いなくなっちゃったらやだな、そう思いながら私はスマホを握りしめる。めっちゃしょーもない話だけどさ、私が一番心配してるのは、自分が一人になることなんだ。大親友の一大事にもかかわらずさ。

「どう、男の体」

「うん、なんか、重い。あと、壁とか近いかも」

「近い？」

「うん。脂肪がなくなった分ね、なんか、硬さがダイレクト」

「へえ、そうなんだ」

「うん。座ったときの、椅子の座面とか、満員電車で壁に押し付けられたときの感じがね。お尻が直で椅子につくって感じがする」

「へー」

「男の体ってこんな固くて丈夫なんだって、驚き。あと発声も慣れないよ。自分で自分の声に驚くもん」

私はそれを聞いて、なんとも言えない気持ちになった。

本当に、私が十七年間ずっと知ってた、女のちえはいなくなっちゃったんだ。永遠に。

ちえが女でいたくなくなった理由ははっきりとはわかんないけど、でも、関係してんじゃないかな、って思う出来事はある。

同級生のりえちゃんが殺されて近所の畑に捨てられてたのは、うちらが小学校五年の冬休みの最中のことだ。一晩畑に放置されたりえちゃんの体はカチコチに凍っていたらしい。うちらの街は一瞬のうちに大騒ぎになった。しかも、りえちゃんの体には明らかに蹂躙《じゅうりん》された跡があって、私たちはまだ性教育も受けてなくて、セックスのなんたるかもわかってなかったけど、でも、街の大人や親の反応から、りえちゃんがただ殺されるより、もっともっと、根源的に、深く、大事な何かを剝奪《はくだつ》されて死んだんだってことは、なんとなく肌感覚でわかった。

りえちゃんのお母さんなんか、もう狂ったようになっちゃって、ビラ撒いて、大声で涙流してメガホンで目撃証言を呼びかけて、大人たちもすっごくピリピリして、うちらは三学期の間中ずっと集団登校とかしてて、私は、集団登校とか意味あんのかな？　私たちが束になったところで、もう、子供の命を奪うような、とんでもない暴力に触《ふ》れちゃったらどうしょうもないじゃん、て思ってたんだけど、もちろんそんなことは言わずに大人たちの鬼気迫る表情にただ黙って従ってた。そんで最初に逮捕されたのが、近所の工場労働者のベトナム人の男性で、大人たちの間でやっぱり外国人なんか入れるんじゃなかったよ、っていうのといやいや、それとこれとは……っていうのとで意見がまっぷたつに割れて、町中に険悪な雰囲気が流れて、ようやく騒ぎが落ち着いたころにそれが誤認逮捕で、本当の犯人はりえちゃんの親戚のお兄さんだったってことが判明して、もう、ほんとに何から何まで全てがわけわかんなくて、怖くて、私のお母さんももんのすごくきっつい顔してあんたたち、女の子なんだから気をつけなさいよって言って、そっからしばらくはうちらの行動もすんごい制限された。

私はりえちゃんとは学校で別のクラスだったけど、ちえはその時お母さんに無理やり通わされてたバレエ教室でりえちゃんと同じレッスン受けてて、同じくいやいや通ってたりえちゃんとは教室では仲良しだったみたいで、そのせいか事件にすごくショック受けちゃってた。この頃からちえのポーカーフェイスは完成されてて感情なんか滅多に出さなかったけど、そのちえが肩を震わせて「〝女の子だから注意しましょう〟って、一体なんなんだろうね。ひどいことする大人が悪いに決まってんじゃん。それなのになんで女の子が、自分たちの不注意みたいに言われなきゃいけないの？　なんで、生きてくだけでこんな怖い思いをしないといけないの？」って言ってたのが、私にはものすごく印象的だった。その後なんだよね。ちえが、バレエのために伸ばしてた髪をバッサリ切って、代わりにテコンドー習い始めて、お母さんとお父さんと、仲が悪くなり始めたの。

それにしてもちえの変身はインパクトありすぎて、ちえがまさかそんな事情を抱えてたなんてだあれも知らなくて、クラスの子もなんだかんだで結構ショック受けちゃってた。

だって、うちのがっこなんて、実際に男と付き合ったことがある子なんてまだまだ少数派だし、みんな男女交際に夢みてて、でも迂闊《うかつ》に近づけないモッサい女ばっかりで、だからそんな女どもの中に男が一人いるなんて発情期の雌豚の檻に雄豚放り込むようなもんだし、何より教室に自分たちよりずっとでっかい生き物がいるってだけでくそインパクトある。

ちえは元から身長百七十四センチで、手術受けてもほとんど変わんなかったけど、それでもあちこち骨ばって、体も分厚くなって、柔らかそうな胸も、細い首も、なだらかな肩も、すらっとした足も、なくなっちゃった後にはやっぱり結構な「圧」があった。

声なんかも、元は涼やかで高くって、インフルエンサーのりゃんみ&よこのりゃんみちゃんにそっくりだったのに、どっから出てんのってぐらい低くて太い声になっちゃったし、それを聞くにつけあーあー、あのちえはいなくなっちゃったんだな、っていう空気になってみんな落ち着かないっていうか、ファンだった子なんてあからさまに落ち込んじゃって泣き出したりとかしてさ。全く、勘弁してよ。ちえの身になってみ、って思ったけど、実を言うと私もその子の気持ち、百分の一くらいは理解できるんだった。

あの、学年でも一、二を争う人気者のちえが、こんな姿になっちゃうなんて。いや、男になったちえだって雰囲気とか仕草とかは元のまんまだ。でも、そうは言っても骨格とか、パーツとか、腰の位置とか、関節の位置とか、まるで違うじゃん？　何よりジャージの襟からのぞくごっつい喉仏、顎にうっすら生えたヒゲは全然知らない他人のもので、それ見てると私、一体だれと話してんだろ、いや一体だれと話してると思ったらいいんだろって、全く十数年の大親友の名折れではあるけれど、思っちゃうんだよね。私、差別主義者でもないし、そういうことに偏見とかないって自分では信じ込んでたのにね。


「言いにくかった？」

「え？」

「私にさ、手術のこととか、その、色々」

帰り道、カネキチ商店の前でピルクルをチューチューしながら私は言った。カネキチ商店は私とちえの家の中間ぐらいにあって、学校帰りにここで買い食いしながらだべるのが二人の日課なのだ。

「んー」

ちえは複雑そうな顔をして、パピコの残りを吸い上げた。ちえが着ているのはセーラー服じゃなくて部活用のジャージにTシャツで、カネキチ商店のおばあちゃんは目をこすりながら「あんた、しばらく見ない間に雰囲気変わったたね」って言ったきりだったけど、たぶん知らない人が見たら、私たちは学校帰りにデートしてる男女カップルにしか見えないんだろう。

「ぶっちゃけね。……でも、それはひかりに言いづらかったっていうより、自分の中で決心が固まってなかったからなんだ。自分の性別に確信が持てなかったし、今でも正直にいうと、持ててない。けど」

うちのお父さんとお母さん、死んだじゃん、ってちえはフッーの口調で言った。

「……うん」

「それで、結構デカ目のお金が入ってきたんだよね。ほら、うち、親戚もめっちゃ遠くに住んでるし、もう誰も私が男っぽく振る舞うことに反対する人なんていないわけだし、だったら今やっちゃおうって」

ちえのパパママは自動車事故で去年の秋に死んじゃってた。それまでもちえは家族と折り合い悪くて、高校に入ったぐらいからしょっちゅう外泊するようになって、私を家に上げることもなくなって、私は昔仲良くしてくれたちえのおばちゃんと会えなくなんのそれはそれで悲しかったけど、まあ、そうは言ってもちえの方が大事だし、この年頃になれば親と色々あんのなんて当たり前だから、あんまし気にしたことなかった。

「そっかあ」

「うん。……ぶっちゃけ、あの人たちのこと、大嫌いだったからさ。死んでも悲しいと思えなかったんだよね。あーあ、自分は親が死んでも悲しいと思えない人間なんだって。そう思ったらさ、残りの人生のことも吹っ切れたんだ」

「信じらんない。ちえ、そんなこと、ひとっことも言ってなかったじゃん」

「そうだよね。ごめん」

　ちえは眉間にしわを寄せて謝る。

「言ったら絶対止められると思って、誰にも言わなかったんだ。リスクは高いし、自分と同じぐらいの年で手術受ける人、これまで全然いなかったしね。未成年の性転換って今、世界中で禁止の方向に動いてるんだよね。もちろん、トランスフォーメーションじゃなくて、従来の性転換手術とか、いろんな選択肢もあったよ。……医者にもそっち、勧められたし」

「怖くなかったの」

「怖かったよ」

　不意に落ちた声のトーンに私はどきりとした。

「でも、色々考えて、今しかないなって思ったんだ。大人になる前の、今やっとかないと、この先ずっと悩み続ける気がして。来年には大学受験始まるしさ、大学入ったら、もっとたくさん知り合いができて、途中で変わりましたって言いづらいでしょ。それで、三年からは就職活動とか始まるわけじゃん。……もうね、これ以上、違和感抱えたまま、女の人生がズルズル、積み重なってくこと考えたら、絶望しそうになったんだ」

「そっか」

私は言った。そうとしか言えなかった。私と違って、ちえはずっとずっと先のことまで考えてたんだ。私なんか将来のことっつったって、せいぜい、中間テストの休みに好きなアイドルのライブ行けるかなとか、そんくらいしか考えてなかったのに。

「これから、どうすんの、ちえ」

「わかんない。一応、学校には居させてもらえると思うよ。法令で決まってるから」

性転換手術を受けた人間の所属に関する差別は法律でちゃんと禁止されてる。例えば女子大に通う子が途中でトランスフォーメーションした場合、彼の就学が邪魔されないよう、大学側はその学年の終わりまでその事を理由に退学させてはいけないことになってる。そうは言ってもちえは非合法の手術を受けたわけだし、まだ高校生だし、しかもここ、すっごいど田舎だしで、学校側としても対処に困っているらしかった。

「つまり、二年生の間は一緒にいられるってこと？」

「うん」

「そっから先は？」

ちえは黙ってしまった。でっかい体が、こんな時は小さくしぼんで見える。それは、手術を受ける前と全然変わんない。

「大丈夫だよ」

私はちえの手をぎゅっと握った。小学校低学年の頃、通学路にワンワン吠える大きな犬がいて、その前を私は絶対に一人じゃ通れなかった。ちえは毎朝私のために回り道して私んちの前まで来てくれて、手を握って一緒に犬の前を通ってくれた。あの時から、不安なことがあると私たちは手を繋いできた。

握った途端、あまりの骨ばっぽさにびっくりして離しそうになった。元のちえの手はすらりと細くてスベスベで、女の私から見ても綺麗だな、って感じだったのだ。一瞬迷ったけど、いやいや、って思い直して握りしめた。ちえもびっくりした顔でこっちを見る。私はわざとぶらぶら大げさに手を振ってみる。そのまま何てことない顔して帰り道を歩き始めた。ちえも黙ってついてくる。

感触は違ったけど、ちえの手は女だった時とおんなじあったかさで、そのうちぴったり私の手と噛み合った。それを確かめたくて、何度もぎゅうぎゅうする。

なんだ、一緒じゃん。ちえ、男になったって、一緒じゃん。

踏切で私たちは別れた。ちえはなんだかいつもよりそっけない態度で、そそくさと家の方向に向かって歩き出す。ちえ、いつでも話したいことあったら通話かけてね、って私は言うまでもないはずのことをわざわざ言った。ちえはちょっとだけ振り返って曖昧《あいまい》に笑う。

私も後ろを向いて歩き出そうとした途端、ちえが唐突に言った。
「でもね、ひかり。今は手術、本当に受けてよかったって思ってるんだ。やっと元の姿に戻れたって感じがする。……私、これまで自分のこと、虫みたいって思って生きてきたから」

中学三年生の夏休み、カフカの『変身』を読んで感想文を提出するって宿題があった。あの、ある朝起きたら主人公が虫になるやつ。めちゃグロかったし意味わかんなくて、私はみんなと同じようにテキトーな感想書いて出した。ザムザが可哀想です、みたいな。けどその中でちえだけがマジなやつ提出してて、それが学年の優秀賞かなんか取って学年通信に載ったから、みんなそれ読んでざわついてた。

〝あの家族は、虫になったからザムザを見放したのだろうか。最初からザムザに対する愛なんかなかったんじゃないか。ザムザは一家の大黒柱だったけど、虫になって、役に立たなくなったから見捨てられた。もしかしたらザムザは、本当は最初から虫だったんじゃないか。虫である自分を愛してもらいたくて、虫の姿に戻ったんじゃないか。あるいは、虫の姿になることで、この家族に愛なんてないということを、暴いたのではないか〟

私はちえがそんなこと考えてるなんて意外で、でも、ちえが家族とうまく行ってないってことはなんとなく知ってたから、それでそんな感想書いたんじゃないかなって思ったけど、ちえは昔から頭良くて、いっつも成績上位が当たり前だったから、そん時はちえ、すげーな、って言って、深くツッコまずに終わらしてしまった。

ちえの感想文は県のコンクールかなんかに出されたけど、そこでは落選した。

10月6日

「あいつ、まじ見境《みさかい》なくてキモいよ」

バレーネットを片付けながら、クラスの子がわざと響くきんきん声で言う。その場にいない人間の噂話をするときの人間の声って、シャーペンの芯みたく鋭く尖る、もし相手が聞いてたら、心臓の奥深くまでぶすーって突き刺さるような声。

一瞬、ちえのことかと思ったけど、彼女たちの言ってるのは、ちえと喋ってる隣のクラスの子のことだ。

ちえは体育の授業を見学するようになった。陸上とか個人競技ならいいけど、球技とかだと危ないって先生たちが判断したらしい。運が悪いことに二学期の体育の最初はバレーボールで、おかげで私は二人一組作るときには先生と組まなきゃなんなくて、ちえは「ごめん」って済まなそうに眉をハの字に寄せて謝ってたけど、私は体育の授業中、ふくれっ面《つら》がやめられなかった。

みんなが順番にコートの端に立ってサーブ練してる間、その子はわざわざちえに近づいてって、打ち方のこつを聞いてた。ちえも人がいいから、丁寧にその子の後ろに回って腕の上げ方とか教えてあげてる。その子、わかりやすくアヒル口とか作っちゃってさ、ちえすごぉいとか言ってさ、これまでそんな顔したことなかったくせに、調子いいやつ。けどちえの顔を見るとまんざらでもなさそうで、そりゃそうだよな、ちえだって自分に好意寄せる女子がいたら嬉しいよな、って思ったら、私がイライラしてんの、まじでまったく意味不明だなって思えてきて、そう思った途端さらにイライラする。

「あいつ、ちえが男になってからやたらうちのクラスに顔出すようになったよね」「女だったときのちえ、知ってて行くとか、やばくない?」「ついてたら誰でもいいんだよ」

ネットとポールを体育倉庫に運び込みながら、彼女たちの悪口は止まる気配がない。私はその後ろを、ボールを入れたカートを押しながらついてゆく。

「色目使ってねーで、片付けやれよ、ブス」

こういうとき、女ってすごく醜《みにく》い存在だなって思うし、同時にそれをありがたがってる男って、もしかしたらすごい、ばかなんじゃないの、って思ったりする。

「ま、でも、ちょっとだけわかるよね」「何が」「だってちえならさ、ぶっちゃけアリじゃん？」

誰かの声に、しん、と一瞬倉庫内は静まる。一拍おいて、格好の獲物を見つけた、って感じの馬鹿笑いが爆発する。「マジ？　嘘でしょあんた」「男子としてってこと？」「アリアリ！」「わたしもアリだな」「げ〜、私はなし。元女でしょ？　ありえないよ」「でも今はさ、ちんこついてんだよ！」「やってる時にさ、女だった時のちえ、思い出しちゃいそう！」

「てか、ちえさぁ、胸でかかったじゃん？　……関係あんのかな？」「え？　どういうこと？」「だからあ……大きさ」「わー！　マジお前、ゲス！」「本人に聞いてみてよぉ」

げらげらげら。げらげらげら。

バン！　と私は倉庫の扉を叩いた。みんなが一斉に振り返る。誰かがあ、やば、という声と、クスクス笑いが背後から聞こえて来る。

わかってる。無理にでもネタにしようとするのは、ちえの存在が怖いからだ。自分たちから遠い存在になってしまったちえをネタにすることで、訳のわからなさを薄めようとしてる。同時に、ちょっとだけ嫉妬《しっと》してる。めんどくさくて退屈で、抜け道の見えない私たちの世界から、ポンっと一人だけ、抜け出ちゃったように見えるちえに対して。

噂の当人たちは、そんなことは知りもせず、体育館の隅っこで楽しそうにまだ話し続けてる。私はなんだかちえに話しかけるのも悔しくって、彼女たちの脇を通り抜け、一足先に教室に戻った。

「そんなの、ほっとけばいいじゃん。ひかりが腹立てる必要ないよ」ちえがうっすらと口の上に汗を滲ませながら言う。

「言いたい奴らには言わせておけば……そりゃ、最初はあーだこーだ言うっしょ。いきなりクラスメイトが男になったんならさ」

ごわ、と稲穂が鳴く。まだまだ汗ばむような天気の下、それでも時々、一陣の涼しさを含んだ風が私とちえの歩く田んぼの傍道《わきみち》を駆けてゆく。

最近、ちえはしょっちゅう学校を休むようになった。手術したばっかりの時って染色体が安定しないらしくて、平日に何度か都会に行って検査受けてる。プラス、放課後にはサクちゃんとの面談が入ったり、休んだ授業の補講が入ったりして、私とちえはあんまり前ほど一緒に過ごせなくなった。

　時々、向こうからやってくる人たちがちえのことをジロジロ見ながら通り過ぎる。ちえの変身はうちの学校だけじゃなく、地域でも噂になってるみたいだ。おっぱい、本当にないんか、生理もか、って堂々と聞いてきたじいさんもいる。私は毎日肩いからせて、そういうやつが少しでもちえに近づかないように気張ってんだけど、逆にちえに「気にしなくていいよ」とかなだめられちゃって、怒りの行き場がなくなっちゃった。

「いいじゃん、遠まきに面白おかしく話してるだけならさ。……本当にめんどいのはさ、やけに同情的な人たちなんだよ。そーゆーのはさ、こっちが相手の思った通りのかわいそうな人じゃないと途端に怒り出したりするんだよね。それまでは『大変だったね、今まで辛かったね、協力するよ』とか言っておいてさ」

「そーゆーもん？」

「うん。そーゆーもん。勝手なイメージ抱いて近づいて来てさ、いざ、相手が自分の思い通りにならないと〝そんな人だと思わなかった、裏切られた〟とか言うわけ。だから、自分的には、違和感隠さない人の方が、まだ可愛いと思っちゃうけど」

　ちえは大人だ。少なくともそんなポーズを取れるぐらいには、私よりかはずっと。

「それに、ひかりがこうして一緒にいてくれるだけで十分だよ」

その言葉に私は黙る。ちえのこと、本当はどんどんわからなくなってる。

最近のちえはどんどんふるまいが男っぽくなってる。最初の頃はちょっと圧強めの女子、って感じだったのに、今は最初から男でしたみたいな感じで足とかもガバッとあけて座るし、たまにバン、って物を置いた時の音の大きさに驚くこととかあるんだよね。男の先生たちと変わんなくなってる。私、彼氏ほしー彼氏ほしーっていつも言ってるけど、男のそういうとこ、本当はちょっと怖いんだよね。それは私んとこが一人親で、家に女しかいないせいかもしんないけど。それから最近のちえは時々、見たことない表情をしてる時がある。黙って窓の外見てるときの顔とかさ、ふとしたときに振り返る顔とかさ、なんか別人って感じがして、そうなると、もともとポーカーフェイスだったけど、ますます何考えてるかわかんなくなって、でも私とちえの仲なのに「何考えてるの？」って聞くのも躊躇《ちゅうちょ》しちゃう。

ちえは「元の姿に戻っただけだ」って言ったけど、こっちが本物のちえなら、私が十七年間、ちえだと思ってきたのは一体誰だったんだろう？

「ねえ、ちえはいつから自分が男だって気づいてたの？」

「うーん」ちえは首をかしげる。風が前髪を吹き上げて、前より少しだけせり出たおでこをあらわにする。

「子供の頃からずっと、じゃないかな。そうは言っても、子供って男と女の違いとかわかんないから、ぼんやりとだけどね。……なんて言うか、着ぐるみ着てるみたいなんだ。皮一枚の内側に、本当の自分がいて、誰もそれに気づいてないって感じ。そんなこと思いもしない両親とは、だから、それでよく揉めてたな。あの人たちさ、なんかあったら女の子なんだから気をつけろっていうくせして、普段は女らしくしろって言うの。ダブスタの極みじゃん。……まあ、文句言ってる暇あったら、自分が変わればいいや、って思えたのも最近なんだけどね」

　中二のとき、おな小の子達とクリスマスプレゼントの交換会をした時、帰り道にちえが「みんなには内緒ね」って言いながら誰かから回ってきた子供向けの香水をくれたことがあった。なんで？　いらないの？　って言ったら、ちえは曖昧な顔で「うーん、私、多分この香り、似合わないから。ひかりの方が似合うよ」って言った。私はふーん、ちえみたいに綺麗な女の子に、似合わない香水なんてあるはずないのになって思いながら瓶を受け取って、その時にふと思い出して、そういえばさ、ちえっていつもいい匂いするよね、って言ってちえの腋に鼻を突っ込んでみた。ちえはひゃあ、とか言いながら横に飛びのいて、見たことないくらいに真っ赤な顔して照れてた。

今なら、ちえがどういう気持ちで香水をくれたのかよくわかる。

「ごめんね、ちえ」

「え?」

「私さ、こんだけ一緒にいたのに、ちえの悩みに全く気づいてなかった。まじ、親友失格だよね」

そんな、と言ってちえは腕を大げさにふる。

「それはしょうがないよ。だって、思わないでしょ、隣にいる女の子が、実は、中身は男でした、なんて」

「うーん」

「それに」ちえの声が少し薄くなった。

「人間、みんな一緒に生きてるようで、実は別々の惑星の上で生きてるようなもんだからさ、親友だからって、全部が全部、理解できる必要、ないんじゃない」

それ聞いてさあ、もうなんだか、マジで虚しくなっちゃった。私ってちえのなんだったんだろ。私はちえのこと、なんでも分かってるつもりでいて、カンペキなニコイチでうちら二人でいれば怖いもんなし、って思ってたくせして、ちえは全く、別の世界を見てた、ってことなんだもん。

「あーあ、私も男になろっかなぁ」

「はあ？」ちえが素《す》っ頓狂《とんきょう》な声をあげる。

「だって、そしたらさ、ちえの気持ちもわかるじゃん。そんで、ちえと一緒に男子校に転校する。離れたくないもん」

「ばか」ちえはこの上なく微妙な顔をした。

「ひかりが変わる必要ないでしょ……それに、たとえ外見が変わったって中身はこれまでと同じだよ」

「そうだけどさあ」

「それに、体が男になったところで、多分、生まれつきの男みたいに、心まで完全に男になることはないんだろうなあって思うよ」

「え？　そうなの？」

「うん。あ、もちろん、自分、本当に男になったんだな、って思うことも多いよ。なんかさ、街とか歩いてるとさ、変な奴に声かけられたりとかしないの。で、人混みでうっかり人とぶつかっちゃっても、向こうからすみませんって謝られたりして、すごく変な感じ、中身は変わってないのにさ」

「へーぇ」

「うん、ほんと、女の子見ると、自分ってこんな生き物だったんだ、よく生きてたなぁって感動すらするよ。だって、暴力振るわれたら、一発でやられちゃう存在じゃん、女って……」

「ねぇ、ちえさ、聞いていい？」

「うん」

「ちんこがあるってどんな感じ？」

ちょっと！　と叫んでちえは慌ててあたりを見回した。なんで男のちえが慌てるんだろ、って思ったけど、こういうとこ、変わってない。

「……うーん、なんか、持ってる、って感じ。でもちょっと怖くもあるよ。自分の意志通りにならないものがぶら下がってるっていうのは」

「ふーん」

「うん。なんかさ、男と女って、全然、別の生き物なんだなって思ったよ。中身はどうあれね。これまではそんなこと、思ってなかったけど、肉体としては越えられない壁ってどうしてもあるなって。……そんなこと、思いたくなかったけどね」

「ねえ、もう、した？」

「は？」

「だからさあ」

私はそう言って、指で輪っかを作り縦に動かしてみせた。

「ばか」

ちえはそう言って真っ赤になった。

「……そんなこと、ひかりには話したくない」

ごめん、と私は言った。言いながら、考える。ちえは多分ショジョで、いや、知らないけど、もしかしたら私の知らないところでしてんのかもしれないけど（そんならそれでちょっとショック）男になった今、性的対象は多分女で（聞いてないけど）、ってことはこの先ちえに彼女ができちゃうことだってあるのかなあ、意外とすぐかもしれないなあ、そう思った途端、なんだか私は胸が張り裂けそうになって、急に叫び出したくなった。

ちえはちえだ。間違いない。けど、周りの見る目が変わっても、私たちの関係はこれまでと同じでいられるんだろうか？

10月30日

最初に下着ドロボーの話を聞いた時、私はすぐに隣のクラスのあの女の仕業《しわざ》だってわかって即ギレしそうになったけど、ちえはやっぱりこんな時でも落ち着いてて「まあ、他にも気に入らないって思ってた子はいるかもしんないしね」とかクールに言っちゃって、だもんで余計にイライラして、流石《さすが》にちょっとは慌てなよ、ってちえに対しても怒っちゃった。

だってこんな状況で疑われるの、ちえしかいないじゃん。うちのクラスと隣のクラス合同の体育の授業中、しかもちえしか見学者いなくて、学校の外周をみんながランニングしてる間に更衣室のロッカーから下着が消えてたなんて。

うちのクラスの子たちも怒り狂ってた。

「だってあの子、ちえに告白して振られたんでしょ」「ぜってー腹いせじゃん」「あの女さ、さっき教室で騒いでたよ、この学校にいるべきじゃない人がいる、とか言ってわざとらしく泣いちゃってさ」「うわ、うっざ。そろそろ潰す？」

サクちゃんは私たち全員を座らせて、本当に馬鹿馬鹿しい、って顔、作って言った。

「あのさ、くだらないから、本当はこんなことやりたくないんだけど。校長がやれってうるさいからやるよ。みんな、協力してくれな。……あー、全員、目ぇつぶって。で、隣のクラスの知山《ともやま》の下着を盗った奴がこの中にいたら、挙手しろ」

誰も目を閉じなかった。ちえ以外は。

サクちゃんはため息をついて、はあ、じゃあ、ホームルーム終わりな、ってそのまま教室を出て行った。

「信じらんない。ちえがやるわけないじゃん。それなのにあいつら、ちえのことじろじろ見てさ」

私はぷりぷり怒りながらいつもの帰り道を歩いた。ちえは半歩遅れて、いつもよりのろのろと後ろをついてくる。

ちえはホームルームのあと、自主的にサクちゃんと話しに行った。職員室に向かうちえの背中を、ねばっこい視線が何本も、何本も追いかけてきた。

どろりと夕日が溶け出した田んぼは、赤い絵の具の沼みたいだ。

「サクちゃん、なんて言ってた？」

「転校、勧められた」

ちえははぁ、と溜息をついた。

「まあでも、仕方ないよ。やっぱりさ、女の中に男が一人いるって無理あるし。怖いって思う子もいるじゃん。どんなに元女で、女の気持ちもわかるって言っても体は男だしさ、親からも抗議の声が出てるっていうし……誰かを怖がらせるのは、本意じゃない」

ちょっと、しっかりしてよ、と私はちえをふり返る。

「ちえ、怒らなすぎだよ。もっと怒っていいんだよ。何にも悪いことしてないんだし」

「悪いことしてなくても、他人がどう感じるかは変えられないよ」

それは、そうだけど、と私は小さい声で言う。分が悪い。

「……私、先生たちに抗議するよ。だからそんなこと言わないでよ」

「ありがと。でも、平気だよ。サクちゃんは気を使って言ってくれてるんだ。……全員が変化を受け入れられるわけじゃないし、嫌だって思う人たちの気持ちもわかるしね」

「……」

実際、ちえは犯人じゃないって思ってる子たちの中にも不信感が芽生えてるのは事実だった。

「一学期までうちらさ、堂島さんと同じ更衣室で着替えてたよね」「うちらのこと騙してたわけじゃん、本当は男のくせして」「そりゃ言わないよね、眺め放題な訳だし」

「ってか、そもそも男になりたいからって、わざわざ体まで変えるなんて変なんだよ。そんなこと言ったら、鳥になりたい人は鳥になるの？　水中でエラ呼吸したい人は魚になるの？　技術的には可能だからって、それやっちゃったら際限なくなるじゃん。人間、生まれ持った姿ってもんがあるでしょ。性別なんて、そんな簡単にいじるもんじゃない」

「それはさぁ、うちらがエクステとかつけまとか、つけるのと一緒じゃん」「少なくとも、場の空気を乱すならやるべきじゃないと思う」……。

「変だよ。法律で決まってんじゃん。少なくとも学年終わりまでは居られるって」

「法律で全部裁《さば》けたらさ、逆に法律なんて必要ないんじゃない」

ちえは大人びた顔でわかったようなことを言う。

「表向きはさ、差別はいけないって言われるから、みんな合わせるよね。こういう時代なんですって言われりゃさ、そうするしかないじゃない。でも、腹の底ではみんな何考えてるかわかんない。嫌悪を感じる人だっているよ。そういう人たちに我慢を強いて、自分みたいな人間は存在してる。自分たちは権利を行使してるんだってことを」

「もーっ、うるさいなぁ！」

私は思わず叫んだ。

「ちえが居たいんだったら、いればいいじゃん！　ここに!!」

ちえは黙ってしまった。滅多にないことだけど、二人の意見が分かれてどうしようもない時、ちえはいつも黙ってしまう。

あーあ、ちえってば、なんで今、男になっちゃったのさ。

ほんと、私って勝手だなって思うけど、せめて高校卒業するまで待ってくれたらよかったのに。

けど、しょうがないのかもしれない。ちえに残って欲しいって思うのは単なる私のエゴだ。ちえが言う通り、私たちは別々の惑星に立ってる。ちえにはちえの人生があって、私には私の人生があって、ペニスで感じる気持ち良さを私が感じられないように、ちえが女の体を居心地悪く思う感じを私が理解しきれないように、私の知らないちえの人生が、これから先、どんどん積み上がってく。私がそれをさみしく思ったら、ちえはきっと、新しい生き方を満喫できない。

踏切が近づいてきた。ここを越えれば、いつもの別れ道で、ちえは右に、私は左に行く。踏切は閉まっていて、ふにゃっとした夕暮れの空にしょぼくれた警報が響いている。

「でも、まあ、良いこともあるっちゃあるかもね」

私はわざと明るく言ってみた。

「これで完全に男として過ごせるわけじゃん？　そしたら残りの高校生活、めちゃくちゃ満喫できるかもしんないし。それなら今、男になった意味もあるってもんだよね？」

私たちの前に、電車がすべりこむ。ごぉ、という音に負けないように、私はいっそう声を明るく張り上げた。

「男の友達、できたら紹介してね。合コンしよ。……あ、うちのがっこの子たちとしても、ちえにはあんまし意味ないか」

　ちえは黙りこんでる。平気なフリして、やっぱりけっこうショックだったのかな？　風を残して電車が去り、目の前の踏切のバーが開いた。私は足早に一歩を踏み出す。

「卒業前に手術を受けたのはね」ちえが口を開いた。

「え？」私は振り返る。ちえは動かない。薄暮の中、信号の青のランプと常夜灯の光がそれぞれ違うテクスチャーでにじんでいる。

「本当の姿でひかりと向き合いたかったからだよ」

　うつむいたちえの、白いほおが目に入る。性別が変わっても、何にも変化のない、ちえの滑らかなほお。

「俺はずっと、ひかりのことが好き。友達としてじゃなくて、異性としてなんだ。ずっと、子供のころから」

　ちえの細められた目の端がきらりと光った。

「ごめん。今まで黙ってて。でも、本当の自分になってからじゃないと、言いたくなかったんだ。……本当の俺を見てよ、ひかり。男の俺を」

「はぁ?!」

しんじらんないくらいでっかい声が、私の口から出た。

「勝手なこと言わないでよ！　こっちの気持ちはどうなんの?!」

ちえがびくりと体を震わせる。

「だいたい、ちえは勝手だよ、相談もしないでさ、いつも一人でなんでも決めてさ、急に男になりましたなんて」

なんで私、こんなキレてんだろ、いみわかんない、そう頭の片隅では思ってんのに、口からはとめどなくちえを責める言葉が飛び出してくる。

「本当の俺って言うけど、じゃあ私がこれまで見てきたちえはなんなの?!　私たち、親友じゃなかったの？　急に男になりました、好きですって、ついてけないよ、これまで一緒に過ごした時間は、うちらの間にあったもんはどうなんの？」

あ、ダメだ、そう思う一瞬の間に、私の眼球から液体がにじみ出る。

「これまでのこと忘れろって、都合のいいこと言わないでよ。元の姿に戻った、って言うけど、私にとっては、今のちえのほうが〝虫〟だよ！」

血の気の引いたちえの顔を、踏切のライトが照らす。警報が鳴りだし、再びゆっくりと、踏切が閉まり始める。踏切の真ん中に立つ私と、手前にいるちえの間に、黄色と黒の無骨なバーがゆっくりと降りてゆく。

「ごめん」

警報を飛び越えて、ちえの小さな声が聞こえた。次の瞬間、ちえは身を翻して元来た道を駆け出した。闇の中に紺色のジャージが吸い込まれてゆく。

「ちえ！」私は叫んだ。慌てて踏切のバーをくぐり追いかける。けど男の足には追いつけない。

「待ってよ！」私はもう一度叫んだ。「待ってってば！」

田んぼの間のまっすぐな一本道を、ちえだったものがどんどんどんどん、遠ざかってゆく。

私は走り疲れて立ち止まった。冷たい夜の空気に触れた膝がヒリヒリする。目を凝らしても、凝らしても、私の知ってるちえの姿は、この見慣れた景色の中のどこにもなかった。


ちえは学校に来なくなった。

サクちゃんが一週間後に、堂島は転校することになった、ってクラスのみんなに朝礼で告げて、悲しがったりショック受けてる子もいたけど、やっぱりみんな、どっかでホッとしたような顔してた。私はそれきりちえとＬＩＮＥのやり取りもしてなくて、何かを言おうにもなんて言っていいかわかんなくて、クラスの子に興味本位でちえのこと、聞かれてもヘラヘラ笑ってごまかすしかなかった。

11月15日

うちのばあちゃんは人間関係は因果応報だからね、優しくした分だけ優しくされるし、傷つけるとその分傷つくんだよって言ってたの、ふーん、て聞き流してたけど、まさかこのタイミングで思い知るとは思わなかったわ。

ちえの姿を見たのは隣の街のショッピングモールで、クラスの子二人と遊びに行って別れた後のことだった。グループ学習の時とかにたまに絡むくらいの間柄だけど、ちえが転校した後、あまりに凹《へこ》んでる私を誘ってくれて、ま、お情けだけど、私もまあ、最近どこも遊びに行ってなかったから、気晴らしにはちょうどいいやってついてきて、プリ撮ってGU行って最近流行ってるわさびシェイク飲んでバイバイして、一人ですぐ帰るのもあれだしってんでなんとなくモールの中をぶらぶらしてたんだけど、そんな時に見てしまったのだ、私服のちえと、可愛い——ちょっと、見たことないくらいの可愛い——女の子が楽しそうに二人で歩いてんのを。

　ちえってば、すっごくかっこよかった。服も、今まで着てたジャージじゃなくて、ちゃんとした男物だった。一瞬、本当にちえ？　って思ったけど、あのキリッとした横顔と薄い唇と猫っ毛、それからお気に入りのバスケチームのキャップは確かにちえのものだった。対して女の子は、も、そんな可愛い服、こんな田舎のどこで買うんかってぐらい洗練されてて、髪の巻きかげんも完璧でインスタから飛び出してきた！　って感じで、このデートに全て懸けてる！　ってのが伝わってきた。二人とも顔面偏差値高すぎて、平凡なショッピングモールではめちゃくちゃ目立ってたけど、ちえはそのことにも気づいてないみたいに彼女のことだけを見て、ニコニコして、相槌打って、さりげなくその子を通り過ぎる人たちからかばってあげてて、これもう、絶対「済み」って感じの、私経験ないけどそれくらいわかる、済み、済み、もう絶対に済み確定で、いつから？　ひょっとして私がずっと知らなかっただけで昔からの知り合い？　てかちえ、この前私のこと好きって言ったくせして切り替え速すぎない？　……とかとか一気に頭ん中にはてなマークが浮きあがって、今すぐ隠れてるサーティワンの店内からちえの目の前に飛び出したくなったけど、いやいや、それやったら終わるっしょ、っていう気持ちと、確かめたいっていう気持ちとで体が二つに裂けちゃって、そうこうしてるうちに二人はどんどん遠ざかって、私は結局何もできずにポカーンって突っ立ってるだけだった。

もしかしたら、私とちえはこのまま二度と会えないのかもしれないな。

最寄り駅から家までの道のりを、私はとぼとぼ歩いた。たくさんの店が撤退したあとの、すきっ歯みたいな田舎の道景色は寂しい。遠くには夕暮れのアンニュイな空気を吹き飛ばすように、ギラギラと輝く青い光の塊が見える。「ブルーシャトー」だ。

ブルーシャトーはこの町に一軒しかない古いラブホで、そのド派手な見た目から特に目立つもののないこの町ではなぜかランドマークみたいな存在になってた。子供の頃には私もちえも意味わかってなくて、ちえのお母さんが運転する車の中から指差して怒られたりもしてた。あそこで初体験を済ます子も多くて、ブルーシャトー「前」か「後」かで変な選民意識みたいなのがあって、私はくっだらねー、って思いつつも「後」の子たちのことをちょっとだけ羨ましいなって思ってた。

何風だかもわからない摩訶不思議な建物は、十年前と変わらずに間抜けな光を放ち続けている。

変なの、意味を知らなかった頃にはおしゃれで素敵なお城だったのに、今ではなんだか汚くって、恥ずかしくって、ちょっとだけ怖い場所に見える。

子供の頃、お姫様と王子様は互いに同じ城を目指してるんだと思ってた。でももしかしたら、そんなの完全に片いっぽうの幻想で、本当は最初から最後まで二人とも別々の場所を目指してんのかもしれない。

11月23日

「あーのさあ」目の前ではたやんが不満げな声を出す。「ひかりん、今日、めっちゃ上の空じゃない？」

土曜の午後、私は男の子と隣町のマックで向き合ってた。道に面したガラス窓からはまぶしい小春日の太陽光が差し込んでる。周りには私たちと同じような制服のカップルが数組と、ハッピーセットのおもちゃで遊ぶ子連れの家族がいて、あとは暇を持て余したような爺さん婆さんが圧倒的に多くて、この町の縮図って感じ。はたから見たら、はたやんと私は立派なカップルだろう。だからこそ、私はうちのがっこの子達が多いうちの町のマックじゃなくて、隣町のここで会ってるんだ。

俺といるの、楽しくないの？　そういいながらはたやんは上目遣いで私を見る。男子のくせして私よりずっとまつ毛フサフサで、長くって、そこだけ見ると女子みたい。

「ごめん、ちょっと考えごと」

そう言って私ははたやんに向き直る。私にだって都合のいい時に呼び出せる男の一人くらい、いる。だから、ちえが女の子と一緒にいたところで全然ショックじゃない。

はたやんとは友達に誘われて一回だけ参加した合コンで出会った。隣町の高校の二年生で、好きって一回言われたけど、私がまだそんな気になれないって言ったら「もうちょっと考えてみてくれる？」っつって、こうして粘り強くデートに誘ってくれて、私が暇でしょうがない時には遊ぶくらいの関係性だ。「付き合わないの？」って合コンのメンツには言われたけど、まだ、よくわかんない。ちえが男になってから、会う頻度は上がった。別に嫌いじゃないし、初めて付き合う相手はこういう無難そうなタイプがいいのかなって思いつつ、私はまだ、踏み切れてない。

「俺でよかったら、相談、乗るよ？」はたやんは眉毛をハの字に寄せて私を見る。男子の中でも背が低くて、でもすらっとしてて毛が少なくて、ぱっと見オスオスしくないのが好きだ。私が大丈夫、と言うとはたやんは安心したような顔で、この前友達とキャンプに行った話の続きをし始めた。男って相手に100パー関係ない話でも、すげー楽しそうに話せる生き物なのな。相手がそれでどう思うかなんて、全然考えてないの。私なんてスッゲー気遣っちゃうのにさ。はたやんはその中でも話が上手な方で、私はキャンプには全然興味ないけど、彼が話しているのを聞くのはあんまし苦にならない。

「ねえ、はたやんさ」

私はシャカポテの袋を割いて中から一番長いポテトを探しているはたやんに声をかけた。

「うちらって、わりかし会うようになって長いじゃん？」「え、うん」「しかもあんた、私のこと、好きじゃん？」

「うん！」はたやんは目を輝かせて力強く頷いた。こういう男子のまっすぐなとこ、可愛いって思える日が来んのかな。

「もし、私が明日、突然男になっちゃったらどうする？」

「えぇー」はたやんは目を丸くしてパチクリさせた。

「ひかりん、男になりたいの？」「いや、違うけど、もしもの話だよ」「そうだなあ」はたやんは指に挟んだポテトを宙に浮かせたまま、天井を睨んで唸ってる。

「俺が女になる！」

私は思わず椅子から落ちそうになった。

「え！　いいの？」「うん。俺、ひかりんのこと好きだし。男のひかりんも、見てみたい気がする」「マジ？」「だって、性別が変わっても、うまく行きそうじゃん？　俺ら」

　私ははたやんを思わず抱きしめたくなった。知り合ってから八ヶ月、初めてこの子を愛しいと思う。

「そりゃまあ、はじめはびっくりすると思うよ。けどさ、性別にかかわらず、人って絶対、変わるもんじゃん？」

「……うん」

「それでもその変化に付き合うってのが、愛ってもんじゃない？」

　十七歳のくせして、時々、こいつは酸いも甘いも嚙み分けたじいさんのようなことを言うんだ。

「あ、そうだ、ひかりんさ」急にはたやんは真面目な顔になった。

「来週の土日って空いてる？」「え？　空いてるけど、なんで？」「いやあ、それがさ」

はたやんはそわそわと視線を彷徨《さまよ》わせる。私の後ろの壁あたりに。「うちさ、両親が旅行でいなくなんだよね」「あー、そうなんだ」「うん、でさ」ごく、とはたやんの喉が鳴る音がした。「うち、遊びに来ない？」

　はい。来ました。

　途端に空気がじっとりと重くなる。「俺たちさ、なんだかんだ、八ヶ月この関係続けてるじゃん。俺はひかりんのこと好きだし、ひかりんの気持ちが固まるまで、待とうと思ってるんだけどさ。そろそろ、そういう話、してもいい頃じゃないかな、と思って」

そうっすよね。そりゃ。待たせてんだもん。そう思うよね。

「だからさ、もし、嫌じゃなかったらさ、試しに、うち、来てみない？」

私は目をふせた。もう中身のないマックの紙のカップを持ち上げて、ストローをちゅうちゅう吸う。もちろん、空気しか口の中に入って来ない。ガラス張りの店内には燦々《さんさん》と光が差してて、本物の真昼！　って感じで、これだけ健やかで穏やかでハッピーファミリーな感じなのに、私とはたやんとの周りだけ空気がねばっちくなって男女！　って感じなの、ほんと居づらい。あーあー、どうしようかな。でもはたやんがそう思うのもしょうがないよね、八ヶ月だもん、私だったら待てなくて気が狂ってる、そう考えたらこいつの冷静さってすごいかも、私みたいなふつーの女に八ヶ月も付いて来るってさ、やっぱなあ、こういうタイプが彼氏としては一番、いいんだろうな。お姉も言ってたしね、ドキドキさせる男より、誠実な奴選んだ方がいいよって、まあそう言いつつもお姉が誠実な男と付き合ってんの見たことないけど、あいつはしょっちゅうロクでもないのに泣かされて、やっと落ち着いて結婚したと思ったらすぐ出戻りで、また悪いのに引っかかって、お母さんにあんたいい加減にしなさいよってこの前も咎《とが》められてたもん。その妹の私が「誠実なの」を引く率ってどんくらいよって思うけど、まあ、お姉の話はともかくとして、目の前のはたやんは今にも泣き出しそうな真っ赤な顔で、唇なんか震えてて、私は彼がちょっとだけかわいそうになって、同時にかわいいな、とも思った。

もうすぐクリスマスだしなあ、あ、そっか、今年はクリスマス、ちえと過ごせないじゃん、毎年ちえと一緒だったのに、小六の時にはちえのお母さんにミュージカル見に連れてってもらってさ、中学の時はプレゼント交換して、あーあ、今年も二人だね、とかいいながら、去年はケンタのチキンバーレル最大何個食べれるかで競争して、二人とも気持ち悪くなってゲラゲラ笑って、そうやってずっとずっと、私はちえと過ごしてたんだ、クリスマスも、その直前のちえのバースデーも。

「いいよ」

私は言った。ぱあっとはたやんの顔が輝く。「ほんとに?! ほんとにいいの?!」「うん、いいよ」「じゃあ、学校終わったら駅で待ち合わせしよ!」「いいよ」「うちで晩御飯食べるんでもいい? あ、俺、料理できないから、宅配ピザだけど」「いいよ」

ああ、ついに、この時が来てしまったか。

まいっか、ちえが新しい人生歩もうとしてる時に私がぐずぐず言ってたらだめだ、きっとうちらは最初からちえの言う通り別々の惑星にいて、ちがう軌道をぐるぐる回ってたんだ。私の思ってる十七年間と、ちえは全く別の十七年間を生きてて、私がちえだと思ってた存在は、実はちえじゃなくって。

そう思ったところで涙が出そうになって、私は慌ててマックシェイクのストローを噛み締めた。商店街のヘボヘボの電飾が、赤やピンクのぼやぼやになって目の端ににじむ。私は慌ててコンタクトずれちゃった、って言ってはたやんに気づかれないように目をこすってごまかすしかなかった。

11月28日

学校行く気しなくて平日にサボって家で一人で寝てたら突然ピンポンが鳴って、めんどくさ、って思いながら玄関に行ったら、あの、ちえと一緒に歩いてためちゃくちゃキレーな女の人が立ってたから私は心底びっくりして、さらにその人がにっこり笑って「ひかりちゃん、久しぶり」って言ったもんだから私はもっとびっくりした。

「覚えてるかな。桜林《さくらばやし》　学《まなぶ》です」

サクちゃんの息子は私たちより十歳年上で、うちのお母さんとサクちゃんが昔仲良かったこともあって、私とちえは小さい時にしょっちゅう、一緒に遊んでもらってた。学くんはすごく頭が良かったから、勉強教えてもらったりもして、けど彼は途中から学校に行かなくなって家に引きこもって、それでも礼儀正しくて優しくてとっても感じのいいお兄さんだったから、近所の人たちは誰も彼を悪くなんて言わなかった。二十代になってから大検受けて東京のめちゃ頭いい大学に進学した後にはぱったりこっちに帰ってこなくなって、私とちえは学くんどうしてるのかな、なんて時々、話してたんだ。

「びっくりしたよね。私さ、女だったんだよ実は」学くんは見覚えのある、繊細そうな笑みを浮かべて言った。

「もっというとね、国内初の性変容手術《トランスフォーメーション》の被験者が私。私、今この技術の開発に関わってるんだよ」

「まじか」私はめちゃくちゃ混乱した。

「サクちゃん、そんなこと一言も言ってなかったよ」

そうだよね、と言いながら、ソファに座った学くん——いや学ちゃんは、元からの上品な仕草でティーカップを持ち上げてこくん、と飲んだ。

「ちえちゃんから聞いた。今、けっこー大変なんだってね」

ああー、うん、と私はお茶を濁す。ちえ、どこまで話したんだろう。

「まあ、そうなるとは思うよ。技術がいくら進んだってさ、人の気持ちが追いつくのには、それこそ十年とか二十年とか、かかることだってあるんだもん。人の心が進まなきゃ、それこそ技術はノイズにもなりえる。実際、私も失望したもん」

「何に？」

「自分の不完全さにさ」

そう言って学ちゃんは気弱そうに笑う。私は、違う、私がちえのこと、受け入れられてないのはそういう問題じゃないんだって言おうとしたけどうまく表現できなかった。

「うちの親も相当悩んだみたいだよ。息子に実は女でしたって告白されてね。でも結局は受け入れてくれた。一度きりの人生、好きなことやんなさいよって」

「それでサクちゃん、ちえが手術受けたの知ってもあんなに落ち着いてたのか」

「うん。ちえちゃんのこと教えてくれて、会うように言ったのもあの人なんだ」

ひかりちゃんさ、と言って学ちゃんは隣に座る私を見た。

「ちえちゃんがそばにいなくなって、寂しい？」

「うん」

「ちえちゃんのこと、受け入れられない？」

そういうわけじゃないけど、と私はうつむいて言う。

「それは、ちえちゃんがずっと隠してきたせい？」

私は首を振る。

「男になっちゃってから、ちえのことがわかんなくて……ちえが別人みたいに思えて」

怖いんだ。

どんどん変わってっちゃうちえに、置いてかれるのが。

私たちの関係が、これまで通りじゃなくなるのが。

「ひかりちゃんさ、手出して」

突然、学ちゃんは言った。え、と言って私は彼女の目の前に手をパッと出す。

「今、ひかりちゃんは十七歳だよね。十七歳ってことは、ひかりちゃんの手のひらの皮膚細胞は、だいたい一ヶ月周期で生まれ変わっている」

「そうなんだ」

「ひかりちゃんが例えば手を洗って、手のひらの古い細胞は汚れになって落とされるよね。そうしたら、残ったひかりちゃんの細胞は分裂して、新しい細胞を作る。人は常に生まれ変わってるんだ。トランスフォーメーション技術はその仕組みを応用したものなんだよ」

「……そうなんだ」

「じゃあさ、新しく生まれたひかりちゃんの手のひらの細胞と、元のひかりちゃんは別人？」

「えーっ、そんなことはないでしょ」

「今から十五日経って、ひかりちゃんの体全体の皮膚細胞が半分、新しくなったとしたら、どこまでが古いひかりちゃんで、どこからが新しいひかりちゃん？」「うーん」

「人の全身の細胞はね、六、七年も経てば全て入れ替わるって言われてるんだ。それぐらい経てば、人は元の姿ではいられないよね。そしたらさ、ひかりちゃんだって、小学生の頃のひかりちゃんとは別人って言えなくもなくもない？」

　私は十歳の頃のことを思い出した。

　急にテコンドーを習い始めたちえ。髪をバッサリ切って、バレエ教室をやめたちえ、だんだんその頃から無口になったちえ。

「私たちは常に生まれ直してる。ちえちゃんが変わるのと同じように、ひかりちゃんも別人になってる」

「うーん」

「もちろん、こんなのは与太話《よたばなし》だよ。人はアイデンティティを失えない。この技術が難しいのはさ、見た目や性が変わったところで、全てが解決するわけじゃないってことなんだ。歴史もある、積み上げてきた考え方もある。人も周りも、簡単には変わらない。……簡単には変わらないけど、それでも人は変わらざるを得ない」

「……うん」

はたやんの言葉を思い出す。

「逆に、ちえちゃんの変わらないところだっていっぱいあるよね」

「うん。たくさん、ある」

いつも私を気にかけてくれているちえ。私のくだらない話に何時間でも付き合ってくれるちえ。不安な時には、いつもそばにいてくれるちえ。

「人は常に半分新しくて、半分古いんだよ」

それはわかってるんだけど、と私は言った。

「私、ずっとちえと一緒に居られると思ってた。親友だったらさ、いつまでも一緒に居られるけど、恋愛だったら、男と女になっちゃったら、ずっと一緒に居られるとは限んないじゃない？」

「そうだね」学ちゃんは深く頷く。

「……でも、これだけは言えるよ。たとえこれまでどおりの二人でなくなったとしても、新しい関係は築ける。生きている限り、常にね」

12月13日

冬って星が大きく見えない？　ったらえ、私には逆に遠く見えるけど、ったのがちえで、でもなんか光はよく届く気がするんだけど、って言ったらあ、それは私も同じ、って言ったのもちえだった。私は今、満天の星を見ながら一人、駅のロータリーに立っている。

「ひかり」少し低い、けど聞き慣れた声が後ろから聞こえて、振り返るとちえが立っていた。着古したダッフルに私服の男物のパンツ。靴は新しいバッシュ。髪は後ろだけ、すっきり刈り上げられてる。

「待った？」

「うん、かなりね」私は少しだけ意地悪した。ちえは眉毛をハの字にして肩をすくめると、「ごめんね、これでも急いで来たんだ」と言った。むき出しの手は赤らんで、筋が目立っていかにも冷たそうだ。

「今日、検査の日だったんだ。いつもより時間がかかっちゃって。……ひかり、今日は私服だね」

「今日、期末テストの最終日だったんだ。午前中で終わり」

「……そっか」

私たちはこれまで数え切れないぐらい一緒に過ごした駅前のベンチに座った。クリスマス前のロータリーには、気の抜けたイルミネーションが施されている。予算不足なのか、電球はまばらで、眠くなりそうなトロいリズムでまたたいている。ダサいんだけど、憎めない。冷たい空気の中、私の隣に座ったちえの、ほのかな体温が伝わってくる。

「新しいがっこ、どう？」

「つまんないよ」

「友達、できた？」

「……まだだね。好奇心で寄ってくるやつはいるけど。『女でいればちやほやされて、楽できんのに、まじでもったいねー』とか言われたりするし。トイレで用足してたら、いきなり覗き込まれたりとか」

「げ、きも」

「きもいよな。……ほんと、ずっと男でいることの、何がそんなに偉いんだよ」ちえは心底うんざりした顔でため息をつく。

「どう、そっちは」

「んーー、普通」

　私はちょっとだけためらってから言った。

「私さ、はたやんフっちゃったんだ」

「え！」ちえは大声をあげた。

「うっそ。なんで？」

「……匂い」

「匂い?!」

「そう。匂い。なんかね、無理だったの」

「そっか……」「うん」「そう言ったの、本人に」「うん」「うわー、きつ」

　はたやんちでベッドに二人で寝転んだとき、私が最初に思ったのは、あ、私、ちえの匂いがすんごく好きだったんだなってことだ。私は常にその匂いと一緒にいて、あまりにも近すぎてわかんなかったけど、本当はその匂いにずっと、守られてたんだってこと。

「そっかぁーーー」

　ちえは安堵なのか、困惑なのか、わからない表情を浮かべたまま、大きく頷いている。

　私はちえの腕に鼻を突っ込んでみた。ちえはひゃっ、と女だったときみたいな甲高い声を上げる。

「やっぱり、この匂い」

ちえの体からは、乾いた干し草みたいな荒々しい匂いと、ちょっとツンとする汗の匂いがして、けどその二つの層に挟まれて、この上なく甘くて優しい、懐かしい匂いがした。

「ちょっと……」

慌ててちえは体を離す。

「この前はごめん」私は言った。心臓はさっきちえに会ったばかりの時より落ち着いていて、けど十分せわしなく動いている。

「私、ずっとちえの味方でいるつもりだったはずなのに、ちえのこと傷つけた」

そんなこと、とちえは急いで言った。「ひかりのせいじゃないよ。むしろ、こっちこそずっと黙っててごめん。怒るの当然だと思う。これまでそんな目で見てたんだ、とか、気持ち悪く思われてもしょうがないよな」

「そういうわけじゃ」

「俺、ひかりに言ってなかったことがあってさ」

「うん」

「前に、子供の頃からなんとなく男になりたかったって言ったじゃん。もちろん本当なんだけど、初めて男の体が欲しいって思った時のことはよく覚えてるんだ。小五の時、りえちゃんが亡くなったの覚えてる？」「……うん」「あの時、ひかりがわんわん泣いてさ、パニックみたいになったのは？」「え？　嘘でしょ」「ほんとだよ。覚えてないの？」「ぜんぜん、覚えてない。ちえがショック受けてたことは覚えてるけど」「それで、俺に言ったの。『ちえだけは、絶対に私の前からいなくならないでね』って。それで思ったんだよ。もし、自分が男の体を手に入れられたら、ひかりを悲しませるような目に遭わずに済むのかな、って」

「ええー」

「もちろん、他の選択肢だってあるとは思うけど……あと」ちえは急にもじもじし始めた。「ひかりは男が好きでしょ」「うん。今のところは」

「だったらさ、こっちが男になるしかないかなって」

私はぽかんとした。ちえは改まった様子で私に向き直る。

「驚かせてごめん。でも、俺はひかりと一緒にいたいんだよ。俺にはずっと、ひかりだけだと思ってるから」

「ちえってこんなに思い込み、強いタイプだっけ？」

「……局所的には」

「あ、でもさあ、にしてはすごい、学ちゃんと一緒にいる時、距離近いってゆーか仲良さそうだったじゃん？」

　私は思い出して腹を立てた。

「え、見てたの」

「たまたまね。ちえ、誰にでもあんなに馴れ馴れしくすんの？」

　あー、と言ってちえは気まずそうに頭を掻く。

「あれは、なんていうか、練習」

「練習？」

「うん、男っぽく振る舞うためのね。……ちょっとでも、ひかりに男として意識してもらいたくて」

「なんだよ、それぇ」

　私はため息をついた。

「ちえは、ちえだよ。変わんないじゃん」

「そうだね」

　ちえは少し、悲しそうな顔をする。

「ちえはちえでも、ニューちえなんでしょ」

　私は横に置いていた紙袋から小さな箱を取り出して、膝の上に乗せた。ちえは目をぱちくりさせる。

「見て」私は箱を開けた。中には一人分のチョコレートケーキと、ろうそくが入っていた。

「お誕生日おめでとう、ちえ」

「俺の誕生日、一週間後だよ」

「知ってるよ。これは、ニューちえの誕生日祝い。本当の誕生日は、来週祝えばいいじゃん」

「……」

「私、多分、ちえのこと、好きかも」

「え！」

「多分ってのは、親友として好きなのか、男として好きなのか、わかんないから。でも、ないよりは百倍マシでしょ」

　私はケーキ屋のお姉さんからもらった「1」の形のロウソクをケーキの上に立てた。

「私ね、二人の関係が変わっちゃうのが怖かったんだ。今までのうちらのことが、全部なくなっちゃう気がして。……けど、今までの好きの上に、新しい好きを積み重ねてけばいいかなって」

　ちえは目を真っ赤に潤ませている。

「あ！」

「え？」

「ライター、家から持ってくるの忘れた」

ははは、と声をあげて、ちえがここへ来てから初めて笑顔を見せる。

「ライター、買う？」

「うん。ってか、ここめちゃ寒くない？　移動しよ！」

「うん。ケーキ食べれるとこ行こう。どこにしよっか」

私は遠くの空にぼんやりと浮かぶブルーシャトーの看板を指差した。

「あそこは？」

ちえが驚いたようにこちらを見る。そんなちえの顔、見るのは久しぶりで、私はなんだか嬉しくなってにやついちゃう。

「子供の頃さ、うちら、あれ、本物のお城だと思ってたよね」

「思ってた。いつか、行きたいねなんて言ってたよね」

「言ってた。作文でさ、いつかちえちゃんとブルーシャトーに行きたいです、なんて書いてさ、先生、びっくりしてたよね」

「はは、そんなことあったね。そういえば」

「ちえ」

「ん？」

「私、ちえと行きたい」

「ブルーシャトー？」

「うん。たとえ関係が変わったとしてもさ、ちえと二人で、初めてのブルーシャトー、行きたい」

ちえは黙って私の手を握った。その顔は真っ赤だった。手は私の知ってるちえの手じゃもはやなかったけど、でも、私の知ってる温かさだった。

ぼんやりと闇に浮かぶネオンは近づくにつれ次第に色が濃くなり、ピントがあって、一粒一粒形がはっきりと見えてくる。

「いいの？」

「うん」

「なんで？」

「ちえのこと、もっとわかる気がするから」

「幻想かもよ？　保証ないじゃん。幻滅するかもしれないし」

「うーん、でも、ちえとなら、違う関係になってもいいよ」

「セックスしたら、わかるかな」

「わかんないよ。でも、せーので二人、違う人間にはなるよね。そしたら、一緒だね」

私たちは、せーのでブルーシャトーのエントランスをくぐった。二枚のドアは物々しく、ガーって左右に開いて私たちを迎え入れた。夜空の下、それまであほみたいに輝いてたうるさいネオンの光は、見たことのない惑星みたいにふんわりと私たちを包み込んで、私たちはこれから着地するのか、それとも浮遊するのか、別の星に行くのかわかんなかったけど、お互いに別々の宇宙服を着たまま、しっかりと手を繋いでいたのだった。

To the Moon

座敷に上がった途端に汗臭い熱気とむっとする揚げ物の臭いが顔を包み込み、私は眉をひそめた。

すでに赤ら顔のかつての同級生たちは、薄暗い照明の下では皆、岩地の温泉に浸かる猿のようで、誰が誰だか見分けがつかない。

「望《のぞみ》？」

入り口の一番近くに座っていた女性が、私に気づいて声をかける。

「ちょっと、望じゃない？……久しぶり！」

たるんだ頬、丸い顎。髪を束ねたゴムからは、乾燥した毛が何本か飛び出している。彼女の外見を手がかりに、靄《もや》がかった記憶の底からなんとか名前を掘り起こす。小川さん、だ。高校の頃、セーラー服の胸元にトロンボーンを重たそうに抱えていた——吹奏楽部の顧問の先生とできてる、って噂されてた。

「元気にしてた？　卒業式以来じゃない？　何してるの？」

「うん……小川さんは、元気？」

「元気元気。すっかり太っちゃってさ。さっきも誰かわかんないって言われたよぉ」

そういって彼女は腕を広げる。あの時、トロンボーンに押しつぶされていた二つのふくよかな乳房は、今では胸というよりも胴の上にごろんと垂れ下がっている。私は曖昧《あいまい》に笑って返す。他人の自虐にどう返していいのか、いまだによくわからない。

「ねえ、あれだよ」

文字にすれば数行程度の世間話をした後、小川さんは私に肩を寄せて言った。まるで、その場にいない人の話をするように。

言われて私は会場の一番奥を見る。

人いきれの向こう、たくさんの赤い顔に囲まれて、青と緑のグラデーションで構成されたゲル状の物体が揺れている。

「やっぱさ、間近で見ると迫力あるよね、あっちの人って」

大きさは人間と同じくらい。巨大な水たまりを垂直に立たせたようなその立体は、周りが何か言うたび、触手のような突起を体じゅうからランダムに生やしてふるふると揺れる。目鼻はない。口もない。でも、彼女がその場を楽しんでいることはわかる。

「……朔希《さき》」

大昔の私の親友。命の恩人。

〝人間を辞めたもの〟が逃げた先の、成れの果て。

十年前の記憶が蘇《よみがえ》る。

顔にかかる熱い飛沫《しぶき》。打ち付けた頭の痛み。骨が悲鳴をあげる音。身体にのしかかる、饐《す》えた臭いを放つ野獣のぬるい体温。

早くここから出して、朔希。


朔希がいなくなったのは高校二年生の夏だ。暑い夏の盛りに、彼女は忽然《こつぜん》と姿を消した。私たちの誰も、彼女の行方を探さなかった。

彼女が月に飛んだのは、明白だったから。


地上の言葉で今日では「月人《つきじん》」と呼ばれる彼らは、数百万年前に月からやって来て、人類の祖先と交わり、また月に戻って行った。彼らのＤＮＡは長い長い年月の中で徐々に薄れ、人間たちは今では自分たちの中に眠るその名残を感じることはほとんどない。けど、ごく稀に、突然変異的に彼らの遺伝子の特徴が色濃く出る人間もいる。彼らはどういうわけか、十七歳前後になると突然全身の細胞が変異して月人化してしまう。そうなると、もう地上にはいられない。満月の晩、彼らはすべてを捨てて月に飛ぶ。どれだけ家族に愛されていても、どれだけ幸せに暮らしていても、どれだけ大切なものがあったとしても。

「望、だよね？」

曖昧な味のサワーをちびちびと飲みながら、隣から聞こえる会話に耳を傾けていた私に頭上から朔希が声をかけた。

私は顔を上げる。ホログラフィックな半透明の生き物はぐねぐねと床を這《は》い、テーブルの向かいに陣取ると、液状の体をぐにゃりと流動させて人間に似せた形をとった。

「どう、昔の私に似てる？」

彼女の体の真ん中のあたりに二つ、ぱち、と穴があく。銀色のドリルで掘られたような穴はそのまま体表をゆっくりと這い登り、人の頭部の形をしたコブの上から三分の一あたりに並んで収まる。

「家にあった写真に似せてみたんだけど」

「……全然、似てない」わざとそっけなく答える。事実、目の前にある物体はかつての朔希の姿とはかけ離れている。鹿のようにすらりとした体軀《たいく》。細くて形の良いあご。艶《つや》やかなロングヘア。記憶に焼き付いている、十七歳だった頃の彼女からは。

「どうして私が望だってわかったの？」

「〝おかあさん〟って人に、アルバム見せてもらったんだ」

そう呼ぶことにためらうような一呼吸を置いて、彼女は言った。

「あと、プリクラとか、当時のケータイの写真フォルダから大量にあなたが出てきた」

無数の金属製の繊維を束ねてこすり合わせたような、鼓膜に突き刺さる声。元の声とは似ても似つかない。でも、話し方も、間《ま》の取り方も、彼女のままだ。

「私たち、親友だったんでしょ？」

「朔希ちゃん、この子ね、朔希ちゃんが同窓会に来るからって、わざわざ今日、東京から急いで戻ってきたんだよ」

小川さんが急に話に割り込んできた。私の肩に彼女の肩が触れ、思わず体を引っ込める。

「そうなの？」

朔希がきょとんとした目でこちらを見る。

「いまは、東京に住んでるんだね」

「……うん」私は声を絞り出す。

「東京では何してるの」

「別に、ただの、パート……レジ打ち」

「ふうん」

朔希はレジ打ち、と聞いて、わかるのか、わからないのか、体をよじり、筒状になる。

私は机の下で左手を握りしめる。薬指の付け根、大きさの合わないリングが小指と中指の横腹に食い込む。

私が月人を見るのはこれが初めてではない。とりわけ都会においては彼らの姿を見るのはしょっちゅうだった。人類よりも遥かに理知的で争いを好まない彼らを地上の人間たちも快く受け入れていて、今のところ二星間の協定により彼らの飛来は許可されている。ただし、地上のものを月に持ち帰ったり、月のものを地上に置き去りにしない限りは。

「朔希ちゃん、いつまでこっちにいるの？」

「十日間だよ。それ以上は、地球の環境に体が保たないんだ」

彼らの繊細な体に、地上の劣悪な環境は合わない。長くいると体が風化してしまう。

「ねえ、私たちが遊んでた場所とか、一緒に行った思い出の場所とか、案内してよ」

朔希は言った。

「私は覚えてないんだけどね。お母さんに、あんたと望ちゃんはどこに行くにも一緒だった、って言われたんだ。幼稚園からずっと一緒だったんでしょう。私、月に戻った時に地上の記憶が全部消えちゃったからさ。もしよかったら、この辺、色々案内してくれないかな。私、あなたのこと、もっとよく知りたいよ」

そう言いながら、朔希は今度は水銀色のメタリックな球体に変化した。ブドウの房のように、そわそわと分裂し、また結合を繰り返す。

「無理だよ。明日には東京に戻らなきゃ。仕事もあるし」

「ええー、残念」朔希は体をくねらせる。

「昔の私たちのこと聞けるの、楽しみにしてたのになあ」

「望、ちょっとも残れないの？」小川さんがまた口を挟んだ。「次に朔希が地球に来れるの、百年後なんでしょ？　もう二度と会えないじゃない」

そう言ってから、あ、という顔をして口をつぐむ。

「……そりゃ、望にとってはこんな所、長く居たくはないかもしれないけど」

「別に、それが理由じゃないよ。大丈夫」私は慌てて言い、朔希に向き直る。喉に力を込める。喧騒も、汗の臭いも、熱気も、鍋から立つ蒸気も、私たち二人の周りから急に退いてゆく。

「わかった。ただし、一緒にいる間は元の姿に似せてくれる？……それ、慣れない」

「やったあ」途端に朔希は無数の粒となって弾《はじ》け、スパンコールのようにきらきらと輝きながら床の上に降り注いだ。遠くで飲んでいた男たちが、津島《つしま》、スパークすんなあ、と笑いながら叫ぶ。座敷中に散らばった朔希はあっという間に集合し、元のゲル状に戻った。

「多分、できると思う。見た目の操作は得意なの」

朔希は弾んだ声で言った。その声は一瞬だけ元の朔希にそっくりで、どきりとする。

「楽しみだなあ。人間だった頃のこと、いろいろ教えてね。望」

＊

私たちが育ったのは近畿地方の海沿いの何にもない田舎町だ。漁港には捨てられた船がきしみ、山肌には朽ちかけた空家がかろうじてはりついている。バブル期に栄えていた唯一の産業である織物業が衰退したのちには多くの工場が倒産し、借金を抱えた自殺者があとを絶たなかった。打ちひしがれた老人たちが若者に言うのは「さっさと出てゆけ」と「帰ってくるな」の二つで、そんなんだから私の本当のパパが首を吊ったのも、ママが妹夫婦に私を押し付けて出ていったのも、何にも不思議じゃない。

「のぞみ、のぞみ」

私を呼ぶ小さな声が、ベランダの柵の向こうから聞こえてくる。私は寒さをしのぐために潜り込んでいた洗濯機から首を出して外を窺《うかが》う。

「さきちゃん」

身を乗り出して柵の外を見ると、夜の闇に紛れ、大きなダウンジャケットを着込んだ朔希が立っていた。

「これ、食べる?」

朔希は駐車場の端に立ち、思い切り背伸びをして私に向かって手を差し伸べる。私は慌てて洗濯機から出ると、柵越しに精一杯に手を伸ばした。私の住む団地一階のベランダとその下の駐車場は、小学三年生二人が手をのばせばかろうじて指先が触れる距離だ。

かさ、と冷たいものが指に触れる。小さな袋に入った、動物の形のビスケット。

ありがとう、と言うのも忘れて夢中で袋を開ける。四時間以上も外気に触れ続けた指先は、かじかんでうまく動かない。歯で嚙みちぎり、袋を破った。塩とバターの風味が、かじる前からすでに胃の中に流れ込んでくる。

「今日ね、学童でこれ作ったんだ」

ビスケットを食べ終わった私に、そう言って朔希はポケットから何かを取り出した。アルミホイルでできた小さな指輪だ。

「すごく簡単だったよ。銀紙をねじって作るんだよ。多分、この袋でもできるよ」「本当？」「うん」私たちはその場でうずくまって、動物ビスケットの小さな袋をねじった。棒状になったそれをくるりと輪の形にし、先端をこよりにして留める。

「お揃いだね」

ねえ、交換しよ、と朔希が言う。朔希の指輪の方が、私のよりもずっと立派なのに。

「なんで？」

「あのね、ずっと一緒にいたい人とは、指輪を交換するの。うちのママとうちのパパも、指輪を交換したから、ずっと一緒にいるんだって」

私はふうんと言いながら思う。うちのおじさんとおばさんも、指輪の交換、したのだろうか。もしそうだとしたら、二人はなんであんなに毎日毎日、泣いたり怒鳴りあったりしてるんだろう。

朔希が指を一生懸命に伸ばす。私たちは真っ暗闇の中、月の明かりを頼りに指輪を交換し合う。私たちの作った指輪は互いの指にすっぽりと収まった。指よりも少し輪が大きくて、凸凹《でこぼこ》が当たってチクチクする。

「はい。これで私とのぞみは、大人になってもずっと一緒にいられることになりましたぁ！」

朔希が、小さく、けれどひときわ明るい声を出した。私はもらったばかりの銀色の贈り物をしげしげと眺める。そんなこと、本当にできるのかなって思いながら。

近所のお風呂のシャンプーの柔らかな匂いがする。匂いと一緒に暖かい湯気が届いてくれないか、と思うけど、コンクリートから裸の足に伝う冷たさだけが、私の体に刺し込む。

「のぞみ、明日は学校、来る？」

「わかんない。明日までに中に入れてもらえたら、行けると思う」

「……そっか」朔希はおずおずと言った。

「明日、学校きたらさ、一緒に保健の立川先生のところ、行く？」

「ありがとう、でも、大丈夫」

私はわざと元気な声で言う。

「私がいい子にしてたら、もうこんなことしないって、おじさん言ってたもん」

ダメなんだ。また立川先生のところに行ったら、おじさんに連絡があって、おじさん、真っ赤な顔で怒って、誰にも言うなって叱られた後に「罰ゲーム」を受けるだけだから。

上の階から聞こえる、赤ちゃんの泣き叫ぶ声。隣の窓から響く、複数の大人たちの笑い声。これだけ外に響くなら、きっとうちの声だって、近所の人たちに聞こえてるはずだ。それなのにみんな知らんぷりするのは、きっとうちだけが世界から「罰ゲーム」を受けてるせい。隣のおばさんが目を合わせてくれないのも、おじさんとおばさんが一日中、家の中にいるのも、学校の先生がうちだけ家庭訪問を飛ばすのも、きっと、そのせい。

クシュ、と朔希がくしゃみをした。

「そろそろ帰ったほうがいいよ」「でも」「さきがおばちゃんに叱られちゃうよ」「うちのパパとママ、寝るの早いんだよ。おばあちゃんがいつも縁側のガラス戸の鍵、閉め忘れるから、そっから出るんだよ。誰も気づかないから、平気」

突然、どん、という衝撃音と、怒鳴り声が背後から聞こえてきて、私は飛び上がる。朔希がひゃっと声をあげて首をすくめた。カーテン越しに、ガラス戸にぶつかる黒い影が見える。

今夜はもう、終わったと思ったのに。私が罰を受けたから、もう、おばさんは殴られなくて済むと思ったのに。

私は急いで振り返って朔希に言った。

「もう帰って。見つかっちゃう」

でも、と朔希が泣きそうな顔をする。

「大丈夫だから。平気だから」

わかった、と言いながら朔希はベランダの柵から手を離した。

「じゃあ、また明日ね。明日も学校こなかったら、また来るね」

何度も振り返りながら、朔希は駐車場を歩いてゆく。

「指輪、失くさないでね」「うん、失くさない」

のっぺりと闇に塗りつぶされた駐車場は空を映した鏡みたいだ。私は想像する。今すぐこの鉄の柵を越えて、駐車場に飛び込んだら、ぐるりと反転して、空に落ちてゆかないだろうか。

後ろでしゃ、とカーテンの開く音がした。家の中から蛍光灯の光が差し、ベランダを照らす。切れた口の中の血の味が、再び滲《にじ》み出る。だあん、とガラスを叩く音。振り返らなくてもわかる。鬼の形相のおじさんが、こちらを見ている。

逃げて。朔希。振り返らないで。

私は祈る。おばさんの泣き叫ぶ声が、朔希の所まで届かないことを。彼女が振り返って見ないことを。醜いおじさんの姿を。朔希のいる世界とはかけ離れた、私たちを。

いや、行かないで。

帰って。

だめ。

助けて。

みんなに知らせて。

私をここから逃して。

でも、私を嫌いにならないで。

*

「ねえ、私さあ、人間だった時に恋とかしてた？」

プールサイドを歩きながら、朔希がぐるりと身体をひねって言う。

「人間はさ、年頃になると、好きな人ができたりするんでしょう？」

外灯に照らされた夜のプールは、薄く伸ばされた真珠の板のように白い光を撥《は》ね返している。あたりはしんと静まり返り、私たちが忍び込んだことに気づく人はいない。

「……わかんない。うちら、恋バナとか、ほとんどしなかったから」

私はわざとぶっきらぼうに答える。嘘じゃない。互いに好きな相手がいるかどうかすら、私たちは尋ねたこともなかった。二人の間にだれかが差し挟まるなんて、想像すらしたこともない。

そっかあ、と朔希が朔希だった頃の声で言う。

「なんで？」

「恋って、どんなものか知りたかったの」

この一週間、私は朔希と色々なところに出かけた。私が朔希を、というより、朔希が私を連れ回した。子供のころ、二人で遊んだ裏の林。遠足で行った牧場。朔希のママに連れて行ってもらったショッピングセンター。朔希はその度ごとに二人の思い出について聞きたがった。私は覚えている限りつぶさに話してみせた。時には大げさに、面白おかしく。

朔希が私との思い出を美しいものとして捉えられるよう、精密なデフォルメを加えて。

揺れるプールの水が、朔希の体を映してきらきらと輝く。高校の頃、いまと同じように二人で真夜中のプールに忍び込んだことがあった。目の前にいる朔希は、その時の彼女の姿そのままだ。この一週間で、朔希はめきめき人の形を取るのがうまくなった。

それでも時折、水の動きと呼応するように朔希の半身がたゆたゆと綻《ほころ》ぶ。私は彼女の姿が崩れるところを見たくなくて、あまりそちらを見ない。

「月人はしないの？」

「月人はしない。誰かを好きになる気持ちも、愛しく思う気持ちも存在するけど、人間の恋とは違う。月人は、お互いに好きになったら、溶け合って一体になるから」

「そうなんだ」

「うん。相手が感じてること、考えてること、全てがわかるようになる。継ぎ目がないから」

「え？」

「月人の魂には継ぎ目がないの。もともと一つのものだから。だから、好きになったら、魂を溶け合わせて一つになれる」

「そんなことが、」

「うん。数百万年前、地球に子孫を残した月人たちは、自分の魂の一部をバラバラにして、相手の体の中に入れたんだよ。それまでの人類にはね、『わたし』がなかったの。神の声を聞いて、集団が生き延びることだけ、子孫を残すことだけ考えてた。月人の魂を入れられて、人類にも『わたし』が生まれた。けど、月人と違って人間には肉体があるから、溶け合うことはできない。『わたし』は肉体の寿命と一緒に滅びる」

私は想像する。肉体の痛みも、だれかと引き裂かれる苦しさもない世界のことを。もしそうだったら、どんなに楽だろうか。

「肉体が滅びなければ、争いは生まれない。だから、月人の世界には怒りも憎しみも悲しみもない。何にもない……」

「羨ましいな。きっと、すごく平和な世界なんだろうね」

「それでも」

朔希はふるりと体を震わせた。何かを考えるように。

「互いに一回きりの人生で、出会った相手を強く想えるなんて、素敵だと思う」

あ、そういえばさ、と朔希が続けた。

「私が昔使ってた机の奥から、旅行の計画表が出てきたの。望、これ、知ってる？」

朔希がかざしたそれに、私は見覚えがあった。

「二〇XX年だって。私たちが十七歳の時だよね」

「知ってるよ」私は答えた。

「私、お金なくて、春の修学旅行、みんなと一緒にいけなかったんだ。そしたら朔希がね、夏休みに二人だけで一緒に旅行いこ、って言って誘ってくれたの。二人でバイトして、計画立ててね」

「そうなんだね」朔希はとても嬉しそうな声を出した。半透明の体がさぁっと朱色に色づく。

「ねぇ、これに書いてあるこの場所に、最後に一緒に行きたいな。……私、もうすぐ月に帰らなきゃいけないんだ」

*

黒い海が鳴いている。小波が岩にぶつかる、ささぁん、ささぁん、というささやかな音だけが耳に届く。

「望、望」

呼ばれて私は目を覚ました。

朔希が私を覗き込んでいる。

「寝ちゃったの」

私は慌てて体を起こす。狭い車の中は暖房の熱で蒸《む》れている。

「着いたよ」

隣に座る朔希は、だいたい私と同じくらいの大きさの人型で、帽子を被り、私のジャケットを口元まで引き上げている。眠くて眠くてしょうがないのだと言うと、じゃあ、私が運転、代わってあげるね、と言って数時間前に運転席に座り込んだのだった。「大丈夫だよ、動かし方はだいたい見て覚えた」人間の服を着ていれば、もはや朔希を月人と見破る人はいない。ようく見ると、うっすらと体が透けていること以外は。

真っ暗な海辺は静まり返り、私たち以外に人気《ひとけ》はない。当たり前だ。こんな夜中にここまで来る人間なんていない。駐車場に車を止め、二人で岬の突端を目指す。特に道があるわけではない。でこぼこの、岩肌の上をよろけながら歩いてゆく。

「月が浜」は私たちの住む街から四十キロほど離れたところにある。月とよく似た石灰質の土層が何重にも重なってできた岬と、その下に緩やかに広がる砂浜が有名だった。

「わぁ、想像してた通り、すごく綺麗だね」

ここに来ることを、朔希はとても楽しみにしていた。〝十年ぶりに、二人で旅行できるってことだよね、私たち〟って。

岬の突端に立った朔希の向こうには、見渡す限り真っ黒な海が広がっている。その上には月明かりが尾を引いている。誘うように、ゆらゆらと。朔希の頭頂部から、まっすぐ空を見上げれば、まん丸の月があって、凍えたようなまっさらの白い顔をこちらに向けている。

朔希は海に向かって両手を広げると、人のかたちを崩した。無数の鳥になり、宙空を飛び回る。月の光が朔希の——朔希たちの翼を照らす。夜に飛ぶ鳥を、初めて見たかもしれない。朔希は十日間のうちに、生き物の形をよく真似るようになった。よほど地上が気に入ったのだろう。うらやましい、と私は思う。帰る場所があり、悩みも苦しみもない生が約束された上で、なんの未練もないこの場所を無邪気に「好き」と言える彼女を。

「ねえ、思うんだけどさ、たとえ人間だった時の私が恋ってものを知らなかったとしても、こんな素敵な場所に望と二人で来れたなら、きっと私、すごく幸せだったよね？」

朔希が振り返る。背後の海が透け、彼女の体の中に細い月の道ができる。それを喜ぶように、朔希の体が真っ二つに裂ける。途端に道は消えて無くなる。朔希の体の裂け目から、海の上に再び戻った月の道がこちらに向かって延びて来る。

「ねえ、教えて。ここに来た時の私たちは、一体どんなだった？」

夏のうだるような暑さ。

飛び散る血の飛沫。

世界全てを埋め尽くすような、蟬の声。

「ここ、来てないの」

「え」

朔希の声が上ずる。忘れもしない、驚いたときの朔希のくせ。独特のイントネーション。

「来る約束はしてた。けど、来てないの。私たち」

——ここに来る前に。

——あなたは消えたから。

私は朔希に近づいた。戸惑う朔希の、体からだらりと伸びた触手に触れる。冷たいゼリーのような触手は、私の手を飲み込んで、ふよん、と膨らむ。

「ずっと、あなたと一緒にここに来たかった」

十五歳の時、叔母だった人は家を出て行った。後には叔父と私だけが残された。一ヶ月後、叔父は「家族のふりをした獣」に、私は「人間」から「人間じゃない」ものになった。叔父の言い訳はいつも同じだった。お前は俺の家族じゃないから、俺の血が混じってないから、俺が俺の物に変えてやるんだって。叔父の手でクリトリスを切除された時には、丸一日気を失った。脱脂綿をあてがわれ、歩けないほどの痛みの中、学校には行った。体育は一ヶ月休んだ。
旅行の前日——朔希との旅行のために、必死に貯めてきたお金が隠し場所から消えているのを発見した時、私は正気を失い叔父に摑みかかった。そんなことをしたのは人生で初めてだった。叔父はいつもの倍以上の力で私を殴り倒すと、鼻血を出して転げ回る私を引きずって風呂場へと向かった。

あとはいつも通りだ。浴槽の水が気管に入り込み、むせたところを床に押し付けられ、衣服を剝《は》がされる。髪を引っ張られ、折れると思うほど強く腕を捻《ひね》りあげられ、下半身をこじ開けられる。

痛い。助けて。ここから出して。

そんな願いは最初の一突きで消え散る。後は、モノになるだけだ。どうせ逃れられないなら、意識を保つのは体力と気力の無駄遣い。仰向けでゆさゆさと揺さぶられながら、私は横目で洗い場のタイルの目地を数える。いち、に、さん、鼻血で後頭部がヌルヌルと滑る。し、ご、ろく。今日の叔父の動きは鈍い。酒をたくさん飲んでいるせいだろうか。長くかかるかもしれない。しち、はち、きゅう。困ったな、終わったら晩ごはん、作らなきゃならないのに。じゅう、じゅういち、じゅうに、じゅうさん、じゅうし、じゅうご、じゅうろく……

がたん、と音がして、私は叔父の背後に視線を向けた。朔希が、覆いかぶさる叔父の背後、開けっ放しの風呂場のドアの外に立っていた。夏でも白い、薄い、すっきりとした顔。朔希の顔はいつも涼しい。だけど今日は違う。驚きと恐怖と嫌悪で引きつっている。目と目があう。朔希の目が、ひときわ開かれる。私ははくはくと口を開く。これまで誰にも言ったことのない一言が、声にならずに喉から漏れ出る。

た・す・け・て。

次の瞬間、私の上の叔父の体がエビのように跳ねた。何かに引っ張られるように、大きく。驚いて彼を見る。巨大な金属のドリルの先端が、叔父の胸から私の顔の前に突き出ている。ズル、と叔父の体がかしいだ。棘《とげ》が胸の中に引っ込む。いや、抜けようとしているのだ。背後から彼の体を刺し貫いている、朔希の長い腕が。

朔希が腕をぶん、と振った。叔父の胸から朔希の腕が外れ、だん、と音がして彼の体は洗い場の壁に叩きつけられる。

私はあっけに取られてそれを見た。うつ伏せの叔父——たった今まで叔父だったもの——は目を見開き、何が起きたかわからないという表情で床のタイルを見つめている。ぽっかりと開いた胸からは、台風の時の下水管のようにごぶごぶ、と音を立てて血が溢れ、みるみるうちに風呂場を汚してゆく。

「ごめんね」

朔希が呟いた。聞いたことのない金属質の声だった。驚いて私は朔希の方を見る。朔希のセーラー服に包まれた体が透けている。長い髪はいつもの三倍以上の長さで床に溢れ、伸びた片腕はにゅろにゅろと、困ったように宙を彷徨《さまよ》っている。

その顔の真ん中、まん丸に見開かれた二つの瞳は——黄金色。

「今まで助けてあげられなくて、本当にごめんね」

朔希は血まみれの浴室に足を踏み入れると、私を抱き起こした。人間の方の手が、私の背後に回される。

「苦しかったね。痛かったね。もっと早く、なんとかしてあげればよかった。——気づいてたのに、何にもできなくて、ごめんね」

咽《む》せるような血の臭いの中、朔希の匂いが鼻に届く。この世の全ての安心を塗り固めたような、朔希の匂い。

「私、月人になるみたいなの」

私が抱きしめる前に、ずるり、と彼女の体が私の腕から抜けた。

「……もう行かなきゃ」

たちまち身を翻《ひるがえ》すと、朔希は背後の闇に溶けた。長い髪を余韻のようになびかせて。

「朔希！」

私は叫んだ。立ち上がり、叔父の体を押しのけて風呂場を出る。下半身に何も穿《は》いていないのに気づき、落ちていた短パンを慌てて穿く。勝手口から——たった今、朔希が乱暴に押し開けて出て行った扉から外に転がり出る。

「待って！」

細い路地は明るく満月に照らされている。今日は夏祭りで、近所の人たちは公民館に集まっていて留守だ。走っても走っても、彼女はどこにもいない。

遠くの民家の屋根の上に、きらりと光るものが動いた。朔希だ。長い銀の髪を宙に踊らせ、人間ではない脚力によって屋根を飛び越えてゆく。

「朔希！」あらん限りの声で叫んだ。朔希がひときわ強く屋根を蹴る。セーラー服の裾がふわりと舞い上がり、みるみるうちに朔希の体は夜空に吸い込まれてゆく。

彼女が消えたあとには、眩《まばゆ》い月の光だけが残されていた。


「突然、見知らぬ男が家に押し入ってきて叔父を殺した」と私は警察に証言した。もちろん、突然消えた朔希は疑われたけど、私は頑なに否定したし、事件の現場には何一つ彼女の痕跡は残っていなかった。複数の借金トラブルを抱えていた叔父は近所でも鼻つまみ者だったから、悲しむ人は一人もいなかった。私の味方をしてくれる人も、叔父がいなくなってよかったねと喜んでくれる人も。

私は高校を卒業すると共に故郷を捨て、東京へと逃げた。

「あの時、あなたがあいつを殺してくれてなかったら、私、きっと死んでた」

私は朔希の手を強く握った。ざり、と足元で石灰の砕ける音がする。

「朔希が、私の願いを叶えてくれたんだよ」

本当は、薄々気づいていた。同じ教室で過ごす朔希が、授業中も、休み時間も、ぼんやりと窓の外を眺めることが多くなったこと。瞳に時々金砂《きんしゃ》のような光が混じることも。体育の時、校庭を走る足を止め、真昼の白い月を眺めていたことも。気づいていて、気づかないふりをした。彼女がいなくなることを考えただけで、絶望で心が砕け散りそうだったから。

「けど、分かったんだ。……たとえ自由になっても、朔希がいなかったら、私、生きてる意味なんてない」

ガイドブックに引いた線。お揃いのビーチサンダル。私の全てだったあなた。消してしまった記憶。

「……毎朝、起きると涙が流れてるんだ」

朔希の金属質の声が、人間の声に変わってゆく。記憶を取り戻すように。砂の中から大事な何かを掘り起こすみたいに。

「こんなふうに感情が動くことなんて月人にはないはずなんだ。月には何もないから。でも、苦しくて痛くてたまらない。大事なものを忘れている気がして、けど、思い出せなくて」

「それを知りたくて、ここに?」

朔希が頷く。瞳から、一筋の涙が流れる。私は喉から声を絞り出した。

「本当は、言わないつもりだった。あなたの記憶を汚すつもりもなかった。でも、ダメだった……あなたにだけは、私たちの間にあったこと、覚えていて欲しくて」

朔希の体が震える。泣いているように。心臓の鼓動そのままのように。

「ごめんね、がっかりさせて」私は握った手に力を込めた。

「逆だよ」朔希は私をはっきりと見据えて言った。十七歳の頃の、あの、強い意志のこもった眼差しで。

「嬉しいの。人間だった時の私が、誰かを殺すぐらいにあなたを好きだったことが」

朔希の体が光っている。金の砂粒のようなものが、ゲル状の体の中をさらさらと満たしてゆく。もう限界なのだ。地上にいられる時間が。

「せっかく理由がわかったのに」

朔希が寂しそうにつぶやく。

「もう行かないと」

だめ、と私は叫んで朔希の腕を摑んだ。

「今度は置いていかないで」

朔希は困った顔をする。

「でも」

私はセーターの腕をまくりあげた。まだ治りきっていない火傷《やけど》の跡が、潮風に触れてひりひりと痛む。熱したアイロンが皮膚を焦がす音。叔父に似た男の罵声。だんだん弱々しくなる子供の声。家に満ちる腐臭。隣近所の、憐れむような、けど同時に汚いものに苛立ちをぶつけるような視線。

「せっかく朔希が助けてくれたのに、私、うまく生きられなかった」

運命というものが、あらかじめ生まれによって体に刻み込まれた災いの、大小の相似形の繰り返しのことを言うなら——もう私は、この世に未練などない。

「だめだよ」

朔希が低くつぶやいた。また金属質の声に戻っている。

「地上のものを、月に持って帰ることは許されない」

朔希の体がふわりと浮き始めた。月が連れ戻そうとしているのだ。いつの間にか、月の光が梯子《はしご》のように、朔希に向かって伸びている。

「お願い」

私は朔希にすがりついた。

「終わりでいいの、終わりでいいから、最後まで私を」

「だめだよ、望。私の体、もうすぐ元に戻っちゃう。そしたら望は」

「それでもいい、連れて行って」

地上はみるみるうちに遠ざかって行く。だめだと言いながらも、朔希はその手を離す気配を見せない。私は一層強く朔希にしがみつく。私の体が、透き通る朔希の体に埋もれてゆく。

「……魂だけだよ」

朔希が諦めたように囁いた。その声は潮騒《しおさい》と入り混じり、十七歳の朔希の声にも、聞いたことのあるはずのない二十七歳の朔希の声にも聞こえる。

私は頷く。

朔希の体から生えた無数の突起が、襞《ひだ》のように私をしっかりと包み込んだ。私も夢中で朔希を抱きしめる。朔希の体が私の中に——一つ一つの細胞の中に入って来る。味わったことのないぬくもりが私の心臓を包み込む。体の奥深くに熱が生まれ、朔希と結びついたすべての箇所から、光の速さで伝わってくるものがある。目の眩むような、幾度ものスパーク。生まれなおし。

「私たち、また犯罪者だね」

「罰せられる？」

「うん。永遠にね」

「それでもいい？」

「うん。二人なら」

朔希、朔希、私の声は水にくぐもったようで最後まで聞こえない。涙は朔希の体組織に入り混じる。朔希だったものの分子構成が崩れ、光の粒子へと変わってゆく。

黄金色の視界ごしに、真上に丸い丸い月が見える。

「幸せにしてあげられなくてごめんね」

光の中に、私の知っている朔希がいた。あの日見た、最後の瞬間の、私の大好きな彼女の姿。白い柔らかな体は私を強く抱きしめる。幻の中、私の肌はいつのまにか、みずみずしい白さに戻っている。

光そのものになった朔希が、私の中で弾けた。

気絶するほどに眩い光で満たされたのち、次の瞬間、辺りはまた元の漆黒の闇に包まれ、宙に取り残された私の体は重力に導かれ、暗い冬の海の中へと吸い込まれていった。

幻　胎

小さな二本の足が見え、続いて突起のような腕が見える。その上には大きくて丸い頭部がある。表面は青みがかり、無数の血管が透けて見える。どくどくと波打つ心臓が、ソーセージのような頼りない胴体の中で動いている。

私の子供だ。人工子宮の中、擬似羊水に身を浸し、へその緒がわりのチューブをぐるぐると体に巻きつけている。

私は思う。

彼らは幸せだろうか。

いま、何を考えているだろう。この世界に生まれてくることを、今か今かと待ちわびているだろうか。それとも苦しんでいるだろうか。生まれる前に、殺してくれと願うか。

定められた運命を知った時、彼らは私を恨むだろうか。

私の父によって生み出された、前代未聞のクリーチャーたちは。

1

キャロル・リンにプロジェクトの参加について持ちかけられたのは、初夏のある日差しの強い日のことだった。

「数十万年前の地層から新種の人類の凍結精子が見つかったことは知っているよね」キャロルは日差しの籠《こも》るスターバックスの店内で汗をだらだら流しながら言った。

「それとヒトの卵子を結合させて、彼らを復活させようってプロジェクトなの」

彼女が言っているのは、数十万年前に地上で繁栄していた、我々とは異なるヒト属の新種のことだ。彼らは現生人類と同等かそれ以上の知能を持ち、身体能力に優れ、現在の我々をはるかに超える高度の文明を築いていたと言われている。気候変動に耐えられず彼らは絶滅したが、しかし種の存続の夢は捨てていなかった。彼らは自分たちの精子を凍結し、北極の地中に埋めた。いつか、誰かがそれを発見し、地上に復活させてくれることを夢見て。

　男って不思議、とキャロルは続けた。「遠い未来に子孫が生まれたところで自分たちには何のメリットにもなりゃしないのにさ、なんとしてでも自分たちの痕跡を残そうとするんだもの」

「生物学者の言葉とは思えないな」そう言って、私は薄い味のコーヒーを口に含む。

「個人的な心情と科学者としての信条は別。――もちろん人類をより良い方向に導くことへの情熱はあるよ。そのために生きてるんだもの。突き詰めれば、人間はそれ以外の目的に向かって活動することはできない」

　私は彼女の言葉を朦朧《もうろう》としながら聞いていた。店の中はサウナのように蒸し暑い。目の前の、キャロルのラテのカップの緑色の模様がひどく毒々しく見える。

「精子の解析は終わったの？」

「終わった。私たち人間の精子とほぼ同じよ。卵子と結合させてもなんら問題ない。男たちの執念の勝利」

　首筋から汗が伝い落ちる。昔、同級生の女の子に「あなたって汗かくとゴールデンレトリバーの匂いがする」って言われた。気にしていつもハンカチを持ち歩いているのに、今日は忘れてしまった。

「卵子の提供者は責任重大だね」

「そのことなんだけど」

キャロルはこともなげに言った。

「所長はあなたに提供者になって欲しいと言ってる」

思いがけない言葉に、突然、景色が膜一枚隔てたように色褪《あ》せた。空気が薄くなる。窓の外の、車の過ぎ去る音も、店内の単調なBGMも、隣に座った男の鼻を突くような体臭も、さっと後退してゆく。

「あなたの事故のことは知ってる。――でも、卵巣は残ってるんでしょ？」

鼓動が逸《はや》る。喉のすぐ下で止まった空気は、その後ゆっくりと気道をつたい肺に落ちてゆく。骨盤の内部、臍《へそ》したの脂肪の裏側あたりが、きゅうと凝縮して鉛のように重くなる。

「所長」――ニキ・パーシュブラント。この国でも有数の生物学者で、これまで数々の学術的功績を挙げ、十年前に私たちの働く生命科学研究所の所長に就任した実の父。憧れであり、指標であり、その眼差しが私の全てを形作っていた唯一無二の人物。

「いい？　ゼス、彼らは我々とは異なる免疫システムを持っていたと言われてる。もし彼らを現代に復活させ、生体システムの研究ができたら、私たちはより強い種へと進化できるかもしれない。感染症に怯えなくてもいい。寿命や老いを憂えなくていい。新しい〝人類〟へと」

　彼女は熱っぽく語った。まるで知らない人間に自分たちの研究がいかに素晴らしいかを説くような口ぶりで。

　私はかつて自分が持っていた希望のことを思い出した。人類の進歩を後押しし、社会に貢献する科学者になる。そう小学校の作文に書いた時、頭には父のことがあった。その望みを持つことで、父が少しでも私を愛してくれたらと願っていた。

「なんで私なの」と私は言った。「卵子の提供者なんて、探せばいくらでも見つかるでしょ。それに、私はもう三十二歳だし。もっと若くて健康な女性の卵子の方が」

「今回は、提供者は身内で探すことにしたの。マスコミにも嗅ぎつけられたくないし、万が一失敗しても、訴訟のリスクは少ない。それに——所長は高い知性と知能を持った未来の人類の始祖を作りたいのよ。単なる実験動物ではなく」彼女は髪をかきあげた。「所長の娘であるあなた以上の適任者がいると思う?」

　彼女は反論を挟ませないよう早口で続けた。

「安心して、生まれる子供の母親になれって言ってるわけじゃない。胎児は人工子宮で育まれる。生まれた後も私たち研究チームが育成する。あなたが世話をする必要は一切ない。あなたは卵子を提供してくれさえすればいい」

現実味はまるでなかった。私の卵子がだれかの精子と結びつくことも。胚《はい》を成し、心臓をもち、呼吸を始めることも。それがガラスに覆われた人工子宮の中で起きることも。

「あなたにとってもいい話だと思う」キャロルはさらに早口になった。「所長はあなたが卵子の提供者になるなら、あなたをこのプロジェクトの助手にすると言ってる」

「今更？」私は驚いて声を上げた。

「研究から離れてもう七年以上になるのに」

「学生時代、私はあなたが羨《うらや》ましかった」

〝かった〟ということは、今はそうではないということだろう。キャロルはこの部分だけは仕事としてでなく真心から出た言葉なのだと言いたげに、眉尻を下げ、慈愛に満ちた表情を作ってみせた。

「あなたの研究者としてのセンスと才能にね。……もう一度、野心を取り戻してみる気にはならない？　お父さん譲りの情熱は、もう消えてしまった？」

私は黙った。そのことを持ち出されたら、私が黙るしかないことを彼女はよく知っていた。私と父の関係を誰よりよく知っているのも彼女なのだ。

「あなたがあの事故のことをどう受け止めているのかはわかってるつもりだけど」キャロルはいたわるように言った。「だからこそ、私はこの話を受けて欲しいと思ってる。友人としてだけでなく、このラボの一員としてね。このプロジェクトの意義を感じてほしい。あなたはあの所長の娘なの。事故に負けないで。あなたの能力を世に生かして」

一体この会話は誰のためなのだろう。私は黙って目の前の女を見つめた。キャロルの目は光っていた。窓から差し込む強い直射日光のせいかもしれなかった。分厚いガラス窓のせいで何倍も凶悪に膨らんで見える光線が、キャロルの丸いむくんだ顔を胴体から浮き上がらせている。彼女の顔が私に何かを訴えかけている。訴えかけているということを分からせようとするために。

「私の卵細胞でいいなら、好きにしたらいいと思う」やがて私は小さな声で言った。嘘ではなかった。

「けど、倫理的にこのプロジェクトには問題がありすぎる」

「もちろん、この件が世間に知れたら批判される。人類の未来がどれだけ危機に瀕《ひん》しているかわかってない能天気な人たちによってね。だからこの件は極秘裏に遂行される。生まれた後も特設した養育施設で育てられ、外には出されない」

「そんな、バレないはずが」

「ねえ、ゼス、想像してよ。この研究がどれだけ人類にとって意味を持つかを」

キャロルは学生時代の親友から、再び情熱的で野心家の研究者に戻っていた。キャロルにとって研究は太陽の光と同じなのだ。常に頭上からたゆまず差し込み、彼女の価値と未来を明るく照らす。

「あなたの卵子は人類を救う鍵になるんだよ。はるか昔に滅んだ種に新しい息吹を与えることで、きっとあなたも、あなたの卵子から作られる彼らの子供たちも、人類の未来を救うスーパーヒーローになる」

「たち？」

キャロルは頷いた。

「所長は一度にたくさんの子供を作るつもりなの」

2

幼い頃、父は私のすべてだった。どうやったら彼を喜ばせられるか、幼い私の労力のほとんどはそればかりにかけられていた。

「いいかい、ゼス、女の子だからって甘えてはいけないよ」と父はよく私に言ったものだ。

「男と女は平等なんだ。だから同じだけ努力して、勝たなければいけない」

父は移民で、若いころ科学的情熱を燃やす場所だけを求めてこの国にやってきた。父の祖国は長く続く内紛によってくたびれはて、親族のあらかたを亡くしていた。政治的理由でこの国を嫌う人も多く、父は祖国の全てを捨てるつもりで移住した。父の頭脳と野心、また能力ある人間には活躍の機会をいくらでも与えるこの国の自由な風土は、その覚悟に応えた。やがて彼はこの国有数の優秀な研究者として脚光を浴び、科学省の重鎮だった祖父の娘――つまり、私の母と出会い、結婚した。

母は心が弱く、ほぼ寝たきりで、私はお手伝いさんに育てられたようなものだった。

「あなたのお父さんはね、科学省の偉い人間の娘なら誰でも良かったのよ」そう、幼い私に耳打ちしたのは母の姉であるおばさんだ。よりによって母の誕生日の集まりで。「あの男はね、キャリアのことしか考えてないのよ。マルグリットもかわいそうだわ。あんな男と結婚して。――もっとも、相手選びを家族に任せきりにした責任もあるけどね」そう言った彼女自身は四十代半ばを過ぎてから職場の男と不倫して駆け落ちも同然に家を出て、親族一同と音信不通になった。中年期以降のロマンスは美しい女の特権ではなく、外聞さえ気にしなければ、あの、冴えない伯母のような女にも起き得るのだということに、まだ十代の始めだった私は驚いた。

「汚らわしい人間がすぐ近くにいたものだな」そのニュースを知って父は吐き捨てた。妹である母の前で。母はいつも通り悲しそうな顔をして俯《うつむ》くだけで、父に反論することも頷くこともしなかった。私は父のいう「汚らわしい」の意味をまだ正確には理解できない年齢だったけど、父がそういうのなら、私は彼女のような人間には決してなるまい、と心の中で固く誓った。

私は父に好かれさえすればよかった。研究で忙しい父はほとんど家にはいなかったけど、耳に入る彼の数々の功績は幼い子供に父に対する畏敬《いけい》の念を抱かせるには十分だった。父は日常の中で必要最低限の会話しかしなかったけど、父が私に期待をかけていることは分かった。将来、彼の功績を継ぐ人間になって欲しいと願っていることも。

だから私は努力した。冬には冷水に足を浸けながら深夜まで勉強し、髪は邪魔になるので短く刈り上げ、同世代の女の子たちとも遊ばなかった。

「女の子の中には、年頃になると進んでばかになろうとする子もいる。親がそうさせようとするんだ。嘆かわしいことだ。お前はそうなるなよ」

父の言うことはよく分かった。実際、クラスの女の子たちの中にはすでにそういう子がわんさかいた。彼女たちは男の子の話しかせず、信じられないほど甘い匂いをさせて、休み時間にはその月の光を集めて束にしたようなつるつるでまっすぐな髪を互いに編みあっていた。私は羨ましいと思いつつ、それは私には必要ないものだと自分に言い聞かせた。

だって、私は父の娘なのだ。

「いいかい、ゼス。人間には知性がある。人類はそれを使って進歩してきた。世の中で起きる大半の悪いことは、自らそれを捨て、愚かな判断をする人間が起こしているんだ」

父はとても厳しくて、些細《ささい》なミスで私を罰した。長い間無視するという方法で。そんな時は生きた心地がしなかった。父の言う「汚らわしいもの」になってしまう気がして怖かった。

一方で、私がその父の言う「汚い」存在になり、父から軽蔑《けいべつ》の視線を向けられる事を考えるとぞくぞくした。父が目の前に立ち、裸の私に向かって「汚い」と言う。そのことを想像するだけで、なぜだか下腹が甘い蜜で満たされるような気持ちになり、腰の後ろに痺れが走るのだった。

私という存在は父によって彫り出された彫像だった。父の眼差しが私を形作っていた。青白い顔をして、部屋にこもりきりの母から、私が父の愛情を奪っていることは分かっていたが、それは仕方のないことだと思った。母と父はもともと他人だが、私と父は血で繋がっているのだから。あるいは、お母さんに、私と同じだけの知性があればよかったのに。

3

私が彼らと初めて対面したのは、次の年のまだ肌寒い三月のことだった。

「奇跡みたいに順調」とキャロルは胎児たちのデータを見ながら言った。「全員、人間の胎児と同じように育ってる。心拍も正常、臓器も異常なし。なんの問題もない」

イチジクのような形をした十二体の人工子宮はラボの中央に半円を描いて並び、なかの胎児たちの様子を見せつけている。セット・インから七週目の胎児たちは、小指の先ほどの大きさで、水槽を泳ぐタツノオトシゴのようにふわふわとポッドの中に浮かんでいる。人工子宮で育つ胎児がどんな姿をしているのか、これまで写真やビデオでよく知っていたにもかかわらず、私はそれが本当に命を持った存在であることを実感するのにしばらく時間がかかった。

彼らはまだ頭部と体の境目もほとんどなく、手足は胴の側面からちょろりと飛び出し、黒い目がボールペンの先で突いた点のように頭部に穿たれている。ヒトらしさもなく、古代のＤＮＡを引き継ぐ怪物らしさもなかった。もちろん、私の子供であることを示す特徴も。

「どう？　初めて我が子と対面した感想は」

「全然実感がない」私はつぶやいた。「これでどうやって、自分の子だと思えばいいの」

「だろうね」

キャロルは肩をすくめた。

「この場合はそれでいいと思うけど、人工子宮の問題はそこにある。統計によると、人工子宮出産の場合、母子の愛着の度合いは通常の母体出産の場合よりも低くなると言われているの。どんな生まれ方をしたって、我が子は我が子だと思うけどね。……ま、私は産んだことないから、その辺の実感は分からないけど」

私はぼんやりと思った。もし、この子たちが私のお腹の中で育ったとして、果たして私は愛着を持てただろうか、と。

「ま、でも、その辺は男と一緒か。十月十日の体の変化もなく、ある日突然あなたの子です、っていきなり目の前に突き出されんだもん」

いつのまにか、背後に父が立っていた。ラボで父に会うのは随分と久しぶりだった。もちろん、家の中でも。父は微動だにせず、じっと子供たちを見つめている。胎児たちのために明かりを落としたラボ内は暗く、彼の表情は読めない。フロアライトの白い光がかすかに眼鏡に反射している。私は畏怖を覚えた。呼吸が浅くなる。父がそばにいると、いつも何を話していいのかわからない。

「ゼス」やがて父の方から声をかけられた。その意外に快活な声に私は驚いた。

「どうだ、これがお前から作られた人類の未来だよ」

あなたの孫だ、そう言いかけて私はとっさに口をつぐむ。父は人工子宮に近づくと、ガラスのドームに顔を寄せて中を覗き込んだ。プラモデルのショーケースを眺める子供のように。

「お前の貢献に感謝するよ、ゼス。科学の発展のためにお前は正しい選択をした。誇りに思いなさい」

父の声は弾《はず》んでいた。

ええ。誇るわ。私は思った。だってそうする以外にないじゃない。誰ともわからない、数十万年前に生きていた男の子供を、自分の腹を痛めるでもなく作った女が。

黙りこくる私を不審に思ったのか、父はちらりと振り返って言った。

「来たくなければ、ここに来なくてもいいんだぞ。無理に見る必要はない。人工子宮は常に安全に運転されているし、もし停電が起きてもすぐに非常用電源に切り替えられる。このガラス製のポッドに包まれている限り、彼らの成長は妨《さまた》げられることはない。お前がいなくても、胎児たちはちゃんと育つ」

「……わかってる」私は言った。「名前を考えてたの」

「名前?」父は言った。初めて〝名前〟という単語を知った人間のような顔で。

「そう。必要でしょ。なんせ十二人もいるんだもの」

「……ああ、そうだな」父の表情は再び照明の反射の奥に隠れた。

「そういうのは、お前の役目かもしれないな」


研究所を出た後、私はなんだか落ち着かず、建物の前の庭に座り込んでしばらくぼうっとしていた。

庭は広く、青々と芝生が茂り、ここで働く人々や近隣の住民たちの憩いの場になっていた。私のすぐ近くでは、近所の低所得者向け住宅に住む主婦たちが、ベビーカーを脇に置いておしゃべりに興じていた。

「うちんとこの父ちゃんなんてさ、子供が生まれてから家に寄り付きもしないんだよ。今日だって一人で出かけてる」だぼだぼの赤いパーカーを着た、大柄な女が大きな声で愚痴をこぼした。「父親になったら少しは自覚が出るかと思ったのにさ、アテが外れたね」

「そりゃそうよ」出っ歯で目がギョロリと突き出た女が身を乗り出して言った。「あいつら、種蒔《ま》いたら勝手に苗床から生えて来るぐらいに思ってんだよ。父親の自覚なんて、子供がもう少し大きくなって、自分と似て来てからやっと芽生えるくらいのもんだ」

「他でもない、自分が作った子なのに？」髪を細かく編み込んだ、やせっぽっちの女が出っ歯の女に聞く。彼女は答えた。

「お腹が大きくなるんでもない。つわりがあるでも、おしっこが漏れっぱなしになるんでもない。それでどうやって、自分の子だって実感するのさ。親子のつながりなんて、結局のところ、女以上に感じることなんてできないさ」

私の知り合いがさ、と彼女はニヤニヤしながら続けた。

「旦那以外の男と子供、作っちゃったわけ。で、そいつ、神経がず太いから、あなたの子よっつって産んだんだって。そしたら旦那は大喜びでさ、お前より俺に似てる、なんつって彼の方が猫っ可愛がりしてんだってさ」

ばかだねえ、三人の女はそう言って笑った。

そういえば、とやせっぽっちの女が言った。「ネットの記事で見たんだけどさ。年頃の娘を持つ父親集めてさ、実験したんだって。娘の首から上を隠したヌードの写真を父親に見せると、全員残らず勃起《ぼっき》するんだって」

「げぇ、気持ち悪」パーカーの女がえずく真似をする。

「けど、顔見せると途端に萎《な》えるんだってよ。どういうことかわかる？」

「つまり、たとえ娘であっても顔さえわかんなかったらやっちゃえるってこと？」

「そう。男にとっては娘ってさ、自分が子供作るほど欲情した女の、一世代若い版なわけじゃない。法律とか道徳とか宗教的な制約とか家族愛とか、自分は父親なんだって自覚がなけりゃ、ただの異性だよ……その実験じゃさあ、娘と長く離れて暮らしてたりとか、子供の頃にちゃんと接してこなかった父親は、顔見せても、勃《た》ったまんまなんだって」

「信じられない」

「理屈じゃわかっててもさ、家族として認識しないんだって、脳が。脳から分泌される愛情ホルモンの種類が違うらしいよ」

「そういえばさ、これもどっかで聞いたんだけど、ピル飲んでる女は身内の男の匂いが平気になるんだって」

「どういうこと？」

「つまりさ、思春期になると、娘は父親の匂いが嫌になるっていうじゃない？　あれはさ、血縁の近い人間との子供は奇形になりやすいから、それを本能的に防いでるらしいのよ。けど、ピル飲んでたらハナから妊娠しないでしょ」

「そうね」

「だから、身体的には、父親は他人と同じになるってことらしいよ」

「じゃあ、つまり」出っ歯の女は目を見開いた。「道徳とか、生物的な問題とかとっぱらったら父親と娘はただの男と女ってこと?」

「いやだ」赤いパーカーの女は、そう言いながらベビーカーを引き寄せる。

「ありえるかもねってだけの話よ。けど、父親にヘンな気、起こさせたくなかったら、首根っこ摑んででも育児に参加させた方がいいかもね」

4

彼に「あの島の景色を君にも見せたい」と言われた時、私はようやく彼と一体になったように感じたものだ。


猛勉強のすえ、父の母校の大学に入学した私を待ち受けていたのは、同じ学科の男子学生たちによる、これまで浴びたことのないさまざまな種類の視線だった。

「科学の世界の権威の娘」に対する好奇心。成績への嫉妬。性的な興味。なんとか自分より下に置きたいという、子供じみた征服欲。純粋な好意。それらがないまぜになったもの。

私は知らなかった。男の視線がこんな色を帯びることを。それは父のように、一方的に皮膚にぶつかっては跳ね返るような硬い視線ではなく、肌に深く浸透するようなパワーと、私を引きつける磁気に満ちていた。

考えてみれば当然だった。子供の頃、父に似て削《そ》げていた頬はいつの間にかふっくらと丸みを帯び、胸は柔らかくセーターを押し上げていた。最初戸惑うだけだった私は、次第にそれを心地よく受け止めるすべを覚えた。適応するのは得意だ。父の視線に常に応え続けることで、体を形作ってきた私は。

勉強に集中する以外の時間、父の監視のない間、私は多くの時間を鏡の前で過ごすようになった。髪の結び方、化粧の仕方。笑顔の作り方。思春期に行えなかった分を取り戻すかのように、私は自分の魅力というものを学習しはじめた。誘われたパーティーで、教室で、彼らの視線が私を刺す時、私の体の芯は疼き、これまで欲しくても得られなかったものので満たされる気がした。

一方で、私は父の期待に応え続けることをやめなかった。自分と同じ科の男子学生とは――父の耳に少しでも入りそうなリスクのある相手とは――決して寝なかったし、死ぬほどの猛勉強を続け、研究に明け暮れた。教授陣からも熱い視線を送られていることは感じていた。将来は父の研究所で働くんでしょうと言われるたび、私は曖昧《あいまい》に頷いた。口のはしをキュッと持ち上げて。父を超えた天才、と言ってくれる人もいて、そんな時、ほんの少しの優越感と、同時に父という指標が相変わらず私の身体を深く深く——頭のてっぺんからつま先まで——刺し貫いていることを感じざるを得なかった。

シンに出会ったのはそんな時だった。

私たちはつまらないパーティーで、互いに、その場に何の関心もない、退屈しきった参加者として出会った。私はそれを巧妙に隠し、彼はそれを隠しもしない、という違いはあったけれど。

「友達が彼女を欲しがってて、ナンパの相方として仕方なく連れてこられたんだよ」と彼は言った。

シンは同じ大学の文化人類学科の学生で、異国からの留学生だった。自分の国の数学オリンピックで優勝し、学費を免除されてこの大学に来ていた。彼の専門は南の島の民俗文化研究で、しょっちゅうバックパックを担いでは調査のために海外を飛び回っていた。なんで数学が得意なのに、そんな研究をしているの、と訊くと、彼は「触れられないものには飽きたから」と言った。

私はたちまち彼に夢中になった。同じ科の野心的な学生たちと違い、彼は将来のプランも持たず、またそれを探すためにこの大学に来たわけでもなかった。将来どうするのかと訊くと、彼は笑って「山奥でゲストハウスでもやりながら個人調査を続けるかな」と答えた。時代遅れの古い型の携帯電話しか持たず、ＳＮＳもやっていなかった。友達は少なく、しかし学科の仲間は大切にしていた。そんなところも新鮮に映った。

彼はそこにいるだけで、私の体を太陽みたいに焦がした。彼と肌を重ねるたび、私には新しい皮膚が生まれるようだった。これまで感じたことのないものを感じ、知らない空気に触れ、彼の眼差しを受けるための。

特定の恋人を作らずにいた私の変化に友人たちは驚いた。「初めて光ることを知った蛍」とキャロルは言った。

父は私の変化にいち早く気づいた。もちろん、いい顔をしなかった。何も言わなかったが、廊下をすれ違う時や、食事中の何かを窺うような目つきからそれを感じた。私はそれを煩わしく思った。父の、肌に粘りつくような視線を、気にも留めないふりで指先で引き剝《は》がすことに快感さえ覚えた。だんだん家に帰らなくなり、研究室にも長時間残ることはなくなった。研究への情熱は褪せた。成績は落ちなかったが、以前のような切迫感は明らかになくなっていた。

彼に、大学の春休みにフィリピンに行こう、と言われた時、私はためらうことなくＯＫした。私たちは手を繫ぎ、明け方の四時に空港から飛び立った。何度か飛行機を乗り継ぎ、ガイドブックに二ページしか載っていない南端の小さな島へと降り立ち、バスに乗って山に向かった。山道は険しく、バスはガタガタと不安になるぐらい大きく揺れたが、それさえも楽しかった。喉をイガイガと苛《さいな》むような排気ガスも、痛みさえ感じる日差しも、未舗装の道から舞い上がる土埃も全てが美しかった。全てが私たち二人をどこまでも遠くへ連れ出してくれる気がした。父の視線から。古ぼけた家の匂いから。

途中、休憩時間にバスが止まり、道端の露店で彼は卵を買った。

「フィリピンの伝統料理だよ。僕の好物だ」

殻を割った瞬間、私は驚いてそれを取り落としそうになった。中には死んだ雛鳥がいた。ぬるぬるとした膜に包まれ、胎児のように小さく丸まっていた。

「バロットというんだ」彼は得意げに言った。「孵化する直前のアヒルの卵を蒸し焼きにするんだ。生育具合によって味や歯ごたえが違う。君のは生まれる直前のだね」

「生きたまま蒸し殺すの？　残酷じゃない」私は顔をしかめた。

「君だって、実験動物を殺すだろ」「それは必要だからよ。生きたまま殺しはしない」

「じゃあ、成鳥になってから絞め殺すのは？　それならいいの？」

私は返事に詰まった。

「現地の人々は好んで食べるけどね。慣れるとうまいよ」彼はまるで意に介してないみたいだった。

私は卵の中の鳥の雛をじっと見た。彼はまるで自分が死んだことを知らない様子で――きっちりと足を閉じ、黄色い嘴《くちばし》を閉じ、巨大な目を閉じ――卵の中に収まっていた。小さな爪や、羽毛の一本一本までがくっきりと見えた。

結局私はそれを食べられず、彼が私の分まで平らげた。

バスはまもなく再び発車した。居眠りを始めた彼の隣で、窓の外の景色を眺めながら私はぼんやり思った。卵の中の雛鳥は、どの段階で自分が生まれずして死ぬ運命にあると気づくのだろう。あるいは、どの段階で自分が死んだことに気づくのだろうか？

そんなことを考えていたから、対向車線からカーブを曲がり損ねたトラックが私たちのバスに真正面から突っ込み崖下まで撥ね飛ばした時も、私はすぐに何が起きたのかわからなかった。

バスは地面に叩きつけられ、窓際に座っていた私の体には割れた窓ガラスの無数の破片が降り注いだ。折れた手すりが下腹部を貫いて骨盤を割り、私は絶叫しながら気を失った。

十日後に病院で目覚めた時、全身が巨人の手で引きちぎられるような痛みに苦しみながら、私は一体、これはなんの罰なのだろうと自問した。

ベッドサイドには父と母がいた。母の、弱々しい泣き声と、耳障りな呼吸器の音が病室を満たしていた。「うるさいから泣くのはやめなさい」父は母にぴしゃりと言った。母は叱られた少女のようにびくりと肩を震わせて泣き止んだ。

父はまるで自分自身が傷ついたような顔をしていた。事故にあった娘を憐れむというより、運命から外れた愚か者を憐れむ顔だった。私は父のその顔を見たくなくて目を閉じた。父が、私の手を握り、腕をさすり、頬に触れて何かを言ってくれることをほんの一瞬、期待したが、父はそこに立ったままだった。

父はやがて言った。

「大学は休学手続きを済ませておいた。担当医の話では、来学期までには戻れるだろうとのことだ」

私は一体、何を間違えたのだろう。

ただ、青春を謳歌《おうか》したかっただけなのに。

数度の手術ののち、どうにか日常生活を送れるようになったものの、私は卵巣機能を残して子宮を失った。

シンは私よりもずっと軽傷で、別の病院に運び込まれたが早々と退院したと病院スタッフから聞いた。彼は生きている！　私は喜びと安堵に満ち溢れた。向こうから訪ねてきてくれるのを期待したが、入院中、彼は一度も来てくれなかった。私のスマートフォンはバスの下敷きになって破損していた。彼の番号を覚えていなかったので、病院から彼に連絡を取る手段はなかった。入院してしばらく経ってから新品のスマートフォンを父から受け取った後、一番に彼からの連絡がないかどうか確認したが、何の形跡もなく、何日待っても彼から連絡はなかった。私はどうにか彼と連絡を取ろうとした。友人たちには彼を紹介していなかったので、誰も彼の連絡先を知らなかった。キャロルに頼み、ツテをたどって彼と同じ学科の学生に彼の様子を聞いてもらった。彼は留学期間を終え、祖国に帰国していた。その学生からシンの番号を聞いて、私は電話を何度もかけたがつながらなかった。彼の新しい番号を知るものは、誰もいなかった。

体に空いた穴から、何もかもが流れ出した。

リハビリを経て復学したが、私は研究への熱意をとうに失っていた。大学卒業後には父の研究所の職員としてどうにか採用されたが、仕事ぶりは振るわず、最終的に、伝票の整理が私の仕事になった。最初は私に同情的で、期待していた人々は、私が有能ではないことを示す証拠が揃い始めると、やがて周りから去っていった。たった一人、キャロルを除いて。

5

アパートメントのエントランスから出た途端、投げつけられた卵は額の真ん中でぐしゃり、と割れて視界を覆った。日差しに温められてぬるりと皮膚を滑り落ち、プルオーバーの首元から中に入り込み、乳房の間に溜まる。私を責めるように。ゆっくりと。それを感じながら、私は老婆が駆けつけたガードマンに取り押さえられるのを黙って見ている。

「このひとでなし！」

卵を投げた老婆は唾を吐き散らし、私を睨みながら憎悪の言葉を並べ立てる。腕を振り回し、まだらの髪を乱しながら。

「神様に背いた罰だ！　あばずれが！」

あばずれ、という言葉を久しぶりに聞いたな、と思い、ああ、私はいま、ひどいことをされているのだ、と次に思う。ガードマンに引きずられて、彼女は金切り声を上げる。聴覚を遮断する。途端に耳に届く言葉は水中で聞くようにもやもやと霞み、私にとって意味をなさない音の集合体となる。

バッグからタオルを取り出す。こういう事態に備えて用意しておいたのだ。

水、罵声。食べかけのブリトー。これまでいろいろなものをぶつけられたが卵は初めてだ。

「大丈夫ですか」ドアマンが声をかけてくる。私はこの、子供の頃から親しんでいる初老のドアマンを心配させたくなくて笑みをつくる。

「平気。もう慣れたし」

顔を拭いたタオルを丸めて道端のゴミ箱に捨て、私は歩き出す。


プロジェクトについての情報は案の定どこかから漏れ、人々はすぐさまこのニュースに飛びついた。凡百のくだらない言論がＳＮＳに溢れ、皆怒っているか、怒っている人に怒っているか、さもなくばこれにかこつけて自身の知性をひけらかそうとするばかりで何一つ意味のあることは書かれていなかった。本当に彼らが怒っているのは、この出来事そのものにではなく、それぞれの身の上に起きた全く別の物事に対してではないだろうか、と私は思ったが、主張したところで無駄になるので黙っていた。

あらゆるメディアはこの件について面白おかしく書き立てた。とりわけ、卵子の提供者が研究所所長の実の娘であることについて。

〝美しき女性、怪物の母になる〟。週刊誌に印字された見出しの「母」という文字を、私はまじまじと見つめた。この言葉と私自身が、どうやったら結びつくのかまるでわからなかった。彼らにとって、何がそんなに面白いのかも。

「貧乏人ほど、自分と直接関係のないことで怒るのよね」とキャロルはSNSで流れ続ける私たちのニュースを読みながらうんざりした様子で言った。

「いいこと？　ゼス、あなたは人類にとって価値あることをしている。これは前進なの。価値のわからない人間が腹をたてるのよ。気にしちゃダメ」

私が気にしているのは、そのうち過去の事故について、シンとの出来事について、私の腹の傷についてまでがメディアに流出しないだろうか、という事だけだった。

父は特に何も言わなかった。世間にどう騒がれるかは、この実験の成否には関わりがない。だから彼にとっては重要なことではないのだ。娘がこのニュースで傷つこうが、傷つくまいが。

ガラスのドームの中、二十週目に入った胎児たちは膜に包まれたまま思い思いに蠢《うごめ》いている。この頃にはかなり大きくなり、生育の具合にもそれぞれ差が出て来ていた。見た目はホモ・サピエンスの胎児とよく似ていたが、よくよく見ると薄いまだら模様が皮膚の上に浮かび、我々とは異なる容貌を持つことを予期させた。手足の先には小さな小さな尖った爪があり、指も人間のそれより幾分か長い。

私はまだ信じられなかった。この子たちが産声《うぶごえ》を上げることが。

けど肝心なのは、彼らがそれをまだ知らないということだ。己がたどる運命も、外の世界ではすでに彼らについて膨大な量の会話が交わされていることも。

呪われた子供、という言葉が浮かんだ。世間からバッシングされ、定義づけられ、そうとしか生きられないように生かされる。私がもし彼らだったら、それについてなんと言うだろうか。助けて、だろうか。ここから出して、だろうか。それとも、殺してくれと言うだろうか。

気がつくと、また父が背後に立っていた。いつ入って来たのかわからなかった。父はいつも背後で私を見ている。亡霊のように。

「ゼス」父は言った。子供の頃から変わらない、低くまろやかな声で。この声に包まれると、私はいつも彼の言うことを聞かなければいけない気がしてしまう。

「後悔しているのか」私は驚いた。父が私の感情を気にかけたことを。

「心を惑わされるな。ゼス。少なくとも、お前は人類の未来に貢献している。だから気にするな。物事のわからない人間だけがああやって喚《わめ》き立てるんだ」

「……大丈夫よ」私は言った。「後悔なんて何にもない」

そうだ。私たちは知っている。人類の発展は常にその時の倫理的規範を超えた技術革新によって支えられてきた。人工知能の無い世界を、遺伝子組み換え食品のない世界を想像できるだろうか？　科学技術はいつだって倫理を更新する。過去の人類が生み出した、厄介な出来事から自分たち自身を救うために。

これだってそうだ。正しいものは常に支持される。国家が莫大な予算をこのプロジェクトに投じるのも、父の研究が多くの人に必要とされるのもそのせい。私たちは常に正しい選択をしている。常に、常に、常に。私がやっていることは間違いじゃない。だから、犠牲者じゃない。

「もし、あのろくでもない男がお前に負わせた傷について、書き立てられることを心配しているなら」急に父の声が鋼《はがね》のように固くなった。「気にしないでいい。お前の価値はそんなことでは揺らがない。……これからも、正しい判断をしなさい」

6

帰り道、私は人気《ひとけ》のない公園を歩いた。敷地内に伸び狂う植物たちを見ていると、なんだか自分の考えが馬鹿げているように思えて安心した。彼らは奔放《ほんぽう》に種子をばら撒き、その行方については責任を負わない。子供がどうなろうと、どんな実を結ぼうと、どう育とうと気にしない。人から責められても、植物たちと同じと思えば気が楽だ。

　夕方だというのに日差しは辛辣《しんらつ》で、灼けつく暑さの中、全ての生命は影の中に身を潜めて己を守っているようだった。頭上を覆う無数の緑葉でさえ、太陽に射られるのを恐れて静止している。

　私は歩を緩めた。その時、遠くのベンチに人影が見えた。黄色くけぶる日光の中でそれは靄《もや》のように見え、近づくにつれ次第に像を結んでいった。白いTシャツにジーンズ、黒いスニーカー。この街で何万と目にする、ありふれた成人男性の装い。こんな暑い日に、彼はベンチに座り、サングラスも掛けずスマホをいじるでもなく、ただただ、何か重大なものを待つようにじっと目の前の木立に視線を据えていた。その顔がふとこちらを向いた。日がさっと翳り、木漏れ日の中、はっきりと顔立ちが見える。

「ゼス！」

　彼は立ち上がった。驚きと喜びを隠しきれないといった様子で。次の瞬間、彼はこちらに向かって駆けてきた。大きな体が目に入る。私がかつて、しがみつくことに最上の幸福を感じていた太い腕、傘のように広い肩。

「嘘でしょ」

懐かしい名前を呼ぶ前に、驚愕が口から飛び出た。

「シン、なんでここに」

「仕事で来たんだ……それから、科学で人類に貢献するという夢を叶えた女性に、おめでとうを言いに」

ニュースで偶然君を見たんだ、と彼は言った。

「それで、君がまだこのあたりに住んでいることを知った。だから、もしかしたらここにいれば会えるんじゃないかと思って」

ネット上に流布している私の写真は、この公園を歩いているところを隠し撮りされたものだった。彼と私が十年前、腕を絡ませあい、一秒の喜びも余すことなく歩いたこの道で。

「一か八かだったけど、でも、会えるような気がしたんだ」

「すっかり有名人だよ。悪い方のね」

「君が誇らしいよ」彼は大真面目な顔で言った。「十年前の夢を叶えたじゃないか。自分のことみたいに嬉しいんだ」

私の夢じゃない。そう、喉元まで出かかって、私は堪《こら》えた。曖昧に笑うしかなかった。

「久しぶりだね」彼の声は震えていた。「話がしたい……いつだったら空いてる？」

7

私たちはそれから頻繁に会うようになった。ギラギラと、太陽の光を跳ね返すレフ板のように木々たちが輝く中、私たちは会話を重ねた。会えば会うだけ、出会ったばかりの頃の輝きが取り戻されるように感じられた。

彼の年の重ね方は、何かを失うことがむしろプラスになるような年の取り方だった。そんなことは男にしか可能でないのかもしれないと、未来に何の期待もない、その時の私は思った。失ったことが価値になるような生き方は。年を取っても、失う機能の少ない男だけにしか。

「あの時、君に会いにいかなかったことを後悔しているんだ」と彼は言った。「許してくれ、ゼス。僕は本当に弱い男だった」

「いいの」と私は言った。本当は何も良くはなかったけど、あの時のことを責めて、再会の喜びを壊したくはなかった。それきり、私たちはその事について触れるのはやめた。

彼と会っている間だけは、私は胎児たちのことを忘れた。彼の生み出す春の庭のような世界に浸り切っている私と、ガラスのドームに閉じ込められた彼らは、まるでこの世の対極にいて、まるきり無関係の存在のように思えた。

「変な言い方だけど、あの事故がなければ彼らの命は存在しなかった。十二人の人間の命が、君によって生まれたんだ。それは誇っていいんじゃないかな」

シンは言った。

「けど、彼らがこれから苦しまずに生きると思えない」

「それでも、君は彼らに可能性を与えたんだ」

「なんの？」

「生きる喜びを知る可能性を。……それだけでいいんだ。ゼス、君はそれだけで、自分を誇っていい」

シンはそう言ったけど、私は彼と会えば会うほど、どうしても自分の決断を愚かだと思わざるを得なかった。私はだんだん、胎児たちに近づかなくなった。

8

一人の子供が死んだとキャロルが私に告げたのは、夏の盛りだった。

原因がわからないの、とキャロルは言った。「朝ラボに来たら、心臓が止まってたの」

一番生育がよく、活発に動く男の胎児だった。死体は見せてもらえなかった。見なくてもいい、と私は思った。どうせこれから解剖されてミンチみたいになるのだから、感情を注ぐことは少しでもしたくない。

「ねえ、キャロル、あなた私の卵子の検査にも関わってたよね？」

「……大丈夫よ、ゼス」キャロルは私が何を言いたいのか察したようだった。

「前も言ったけど、あなたの卵子は健康そのものだったわ。それに、流産の確率は通常の妊娠でも十五％程度はある。こんなの、よくあることだわ」

「でもそれは、染色体異常が原因で、たいてい妊娠のごく初期に起こることでしょ」私は問うた。

「なんで、今になって」

その問いには答えず、他の子たちに関しても、現時点ではなんの異常も見られない、とキャロルは続けた。「安心して。あなたが心配することは何もないのよ」

父はこの件について多くを口にしなかった。ただ家の中ですれ違いざまに「大丈夫だ、まだ十一人残っている」と言っただけだった。私の顔も見ずに。

傷ついた子供のような声で、そんなこと言わないで。

私は空になった人工子宮のポッドを見つめた。擬似羊水を抜かれ、きれいに清掃されたポッドは木のうろのようにぽっかりと何もない空間をこちらに向けている。

私のせいではないか。

一瞬浮かんだ考えを、私は慌てて打ち消した。次に、また思う。

生まれることを望まない胎児が、自ら死を選ぶことはありえるだろうか？

半円状に並んだ他のポッドの子供たちは、今は眠りについているようにおとなしく、めいめいの方角に体を向けている。何人かは空になった兄弟のポッドの方を向き、薄いまぶたの裏側から視線を送っているようにも見え、また何人かは私に向かって何かを言おうとしているようにも思えた。

私は一つのポッドに近づいた。中の胎児を覗き込む。のっぺりとしたその顔は、老人のようにも、トカゲのようにも、また鳥類のようにも見える。

突然、彼の顔がにゅるりと変形して父の顔になった。ぎょっとして体を離した。他の胎児たちも、全員が父の顔をしていた。十一対の父の目が、分厚いガラスの向こうから私を射ている。

お前は何をやっているんだ、ゼス。

瞬きした瞬間、すぐにそれは元に戻った。胎児たちは変わらず目を閉じ、何を思っているのか分からない表情で、じっとしている。彼らは私に似ていない。母にも似ていない。父の面影だけを、存在のすべてに濃く漂わせている。

私はふと叫び出したくなった。

残り十一体の胎児が生まれてくるということは、私は一生、この重圧を背負うことになるのではないか。

9

九月の末、シンは帰国した。

「できればもう一度、君とやり直したいと思ってるんだ」

空港に向かう直前、彼は言った。二ヶ月前に再会したあのベンチで。

「ゼス。一緒に来ないか」

無理だよ、と私は言った。

「一度、関わると決めたことを投げ出すわけにはいかない。これはとても期待されてるプロジェクトだし……私がいなくなったら」

私は言葉に詰まった。シンはまっすぐに私を見ている。

「ゼス、君がとても重要なことに関わっているのはもちろん知ってるよ。けど」シンは言葉を選びながらゆっくりと言った。「僕の思い違いかもしれないけど、君の話を聞いているうちに——君が本当にそれを望んでいるようには思えなくなったんだ」

「……あなたは一度、私を捨てたよね」私は顎を引いて彼を見た。他に、言い訳が見つからなかった。「同じことを二度しないという確証がある？」

「捨てた？」シンは怪訝な顔をした。

「そうでしょう。大怪我をした私を放っといて、逃げ出した。一度も会いに来なかったし、電話も拒否した」

「あの時のことは、本当にすまないと思っているんだ。君に面会を断られたからと言って、諦めるべきじゃなかった」

一瞬、彼が何を言っているのかわからなかった。

「断ったって何？　私は十日もの間意識を失っていて、目を覚ましてからもずっとあなたに会いたいと」

「君のお父さんが言ったんだ。娘は君に会いたくないと言っていると。〝顔も見たくない。連絡だってよこすな。私の番号は消して欲しいし、できれば連絡が取れないように、番号も変えて欲しい〟って。——そう、お父さんに言伝《ことづて》したのは君じゃないのか」

意識を失っている間、何が起きたのかを私は知らない。父は誰も面会には来なかったと言っていた。古いスマホが壊れてしまったからと言って、新しいものを手渡したのも父だ。

「君のお父さんはすごく怒ってた。娘の将来を壊した人間に、娘と関わってほしくないって。当然だと思った。だから僕は責任を取ると言ったんだ。娘さんの将来も含めて僕が責任を取ると。彼は言った。娘には他にたくさんのボーイフレンドがいる。お前はそのうちの一人にすぎない。わかったら、すぐに姿を消せ、と。……僕は」シンは首を振った。

「どうしていいかわからなかった。本当に愚かだった。言われた通りにする以外の選択肢が思い浮かばなかった。……本当は床に這いつくばってでも、君に会って謝るべきだったのに」

頭の芯が冷えてゆく。かすかに耳鳴りがした。窓ガラスの割れる音、だれかの悲鳴。車体の砕け散る轟音。地面に散乱したバスの座席が燃える匂い。雨が降り出した。細い水滴が静かに私たちを濡らしてゆく。螺旋状にねじれた記憶が根元まで解《ほど》け、全てが反転してゆく鈍い軋みの音がする。

「ゼス、本当に僕は後悔している」シンはもう一度言った。「もしも君が許してくれたら、もう一度、君を幸せにするチャンスが欲しい」

私は黙った。何を言っていいのかわからなかった。

「君がどうしてもこの場所に留まりたいなら、無理にとは言わない。僕は自分の国に帰る。君が望まなければ、もう二度と会わない。――けど、君は今、本当に幸せなのか？」

「私は――」

「そうまでして、君は君のお父さんに認められなければならないのか？」

「勝手なこと言わないで」私は叫んだ。

「私が実験に協力したのは、父のためじゃない。私は私の――」

そこで、言葉に詰まった。

――いいいいいい、私は私のなんなのだろう？

「ゼス、なりたくないのなら、なりたくないものになんかなるべきじゃない。君が選んでいいんだ。誰かじゃない。君は――」

シンの言葉は強まる雨脚に遮られた。出発の時間が迫っていた。シンは再び口を開きかけたが、やがて着ていた撥水性のジャケットを私に掛け、公園の入り口に向かって駆けていった。二人が共に歩いてゆくはずだった方向へ。

10

子供の頃、父の自慰を見たことがある。

小学校五年生の時だ。その日、私はなんだかお腹が痛くて学校を早退した。母は寝込んでいるのか、家の中には物音ひとつしなかった。私は薬が欲しくて、お手伝いさんを探して家中うろついた。

サンルームの入り口に近づいた時、私は父がいるのに気づいた。平日の昼間に父が家にいるのは珍しかった。きっと徹夜明けで帰宅して、仮眠を取ったらすぐにまたラボに戻るのだろう。

父はデッキチェアに横たわり、白く浅い午前の日差しの中、窓の外に生い茂るポプラの葉陰に身を浸している。父は私に気づいていないようだった。私は息を潜めた。寝ている父に声をかけることは禁止されていたから。

父は起きていて、しかも、何かに熱中しているようだった。だらりと手足を投げ出すのではなく、背を丸め、何かを威嚇《いかく》するように上半身を強張らせていた。下半身の衣服を半分脱ぎ、足の間に挟んだものを右手できつく握りしめ、激しく動かしていた。苦しそうに顔を歪め、息を吐きながら。私は父が何をしているのかわからなかった。私はそれまで父の体をまともに見たことがなかった。お風呂に一緒に入ったこともない。海に一緒に行ったこともない。父の右手に握られたそれは、遠くから見れば植物の太い茎のようにも、別世界の生き物のようにも見えた。父はそれを憎んでいるようにも、必死にてなずけようとしているようにも見えた。私は恐ろしくなった。普段の物静かな父とはおよそかけ離れた姿に。父が握りしめたものから、彼を全く別の生き物に変えてしまうエネルギーが溢れていて、二度と元に戻らないのではないかと思った。

ベルトがデッキチェアのフレームにぶつかるカチカチカチという音が響く。父の右手はさらに速くなり、上半身はさらに強張った。顔は真っ赤で、癇癪《かんしゃく》を起こす寸前の子供みたいにぶるぶると震えている。空気の粘りが濃くなり、離れた位置にいる私すら、そのエネルギーの中に飲み込まれてしまいそうだ。

やがて父の体は鞭《むち》打たれたように大きくびくんと痙攣《けいれん》した。驚いて私も身を強張らせた。一瞬、父は体をデッキチェアに投げ出すと、全力疾走した後のように大きく胸を上下させた。小さな痙攣を繰り返す父を見て、父が食われてしまったと思った。何か大きな魔物に、父でないものに、父が食われてしまった。

「ゼス」

父の口から私の名が漏れた。びっくりした。覗いているのがバレたのかと思い、この世の終わりのような気になったが、しかしその声は罰する時のような冷たさではなく、何か遠く、たどり着けないほど遠くの場所から吹き付ける風のようにかすかで、私の心を引っ張った。父は左手で靴下を脱ぐとそれで右手と足の間にあるものをぬぐい、衣服を引き上げ、そのまま目を閉じて動かなくなった。

私は硬直したまま、一ミリも動けず、じっと立ち尽くしていた。ガラス張りのサンルームは光を集め、父が集めた植物たちに十分な日光と温度を与えている。さっき聞こえた私の名は、吐息を聞き間違えただけだったかもしれない。真相はわからない。日差しがじっとりと私のこめかみを濡らした。花粉の匂いに混じり、かすかに潮の匂いがする。サンルームに生い茂る植物たちはその長い葉で父の体を覆い隠し、外界から隔絶している。

父はいつも一人だ。

11

深夜の研究室は深海のように静まり返り、人工子宮のポッドが放つわずかなブルーの光だけが床を照らしている。胎児たちは淡い光の中、じっと身を潜めている。すでに一人一人、違う特徴を有している。目の位置、鼻の高さ、唇の形。手足の長い、短い。可愛らしい者もいればそうでない者もいる。

ポッドの操作パネルはラボの一番奥にあった。半円形に並んだ人工子宮の中身をすべて見渡せる位置にある。

私はパネルに近づき、触れた。ヴォン、と唸り、起動する。眩しい光が目を刺す。胎児たちに供給される酸素の量は一定に保たれている。ラボの壁には無数のチューブが伸び、床を這い、子宮の底部に接続している。パネルを操作して酸素レベルを下げれば、胎児たちは簡単に死に至る。

「何してる」

部屋の入り口で声がした。父だった。簡素な部屋着のまま、扉の前に立っている。

「ゼス、お前は人工子宮の操作を許可されていないはずだ」

「そうね」私は言った。暗闇にまぎれ、父の顔は見えない。きっと、こんな時でも表情を崩していないに違いない。

「分かっててやってるの」

父は足早にこちらに近づいてきた。髭を生やし、頬の削げた顔が浮かび上がる。

「こちらに来なさい」父は手のひらを差し出した。「何をするつもりなのかは知らないが、早まるのはやめろ。お前にはいつも、理知的な判断をしろと」

常に定位置にある眉。決して大きくは見開かれることのない眼、固く結ばれた唇。表情がないからこそ、いつまでも老けない美しい男の顔。

私とは似ても似つかない。

私はゆっくりとパネルから離れた。父は脇を通り過ぎ、パネルに向かう。指紋認証でロックを解除し、操作が行われていないことを確認している。私は父の背に抱きついた。父の体がこわばる。そのまま、隠し持っていたスタンガンを父の首に押し付ける。

十一人の胎児が、私と父を囲んでいる。逆さになったり、横になったり、それぞれの体位を取りながら、床に転がる父と、馬乗りになった私を見ている。

「やめろ、ゼス」

意識を取り戻した父が低く呻いた。私は父の顔を見下ろす。気絶している間に後ろ手にガムテープで縛り上げておいた。

「馬鹿な真似はよせ。犯罪者になるつもりか」

「彼らは実験動物扱いだから、殺人にはならないでしょう」

「……そういう問題じゃない」父はそう言いながら、歯を食いしばり、私から逃れようと身をよじる。その姿は滑稽で、小さい頃に私を叱りつけていたあの威厳はない。

「お前の子供だろう」

「私の子じゃない」私は言った。「あなたが作った子でしょう、父さん」

父はぽかんと口を開けた。何を言っているのかわからないといった顔で。

「あなたがあなたのために作った子よ。私のじゃない。私は――」

生きたまま蒸し殺される雛。生まれる前に死ぬ子供。決められた運命。

私は母親にすらならせてもらえない。

「ゼス、ここ最近、お前が重圧を感じていることはわかっていた」父は必死で言った。

「すまないことをした。それは謝る。けど言っただろう、愛する必要はないと。お前が母親向きの人間でないことは、よくわかって――」

私は立ち上がり、父の脇腹を蹴り上げた。父は苦痛の声をあげて丸まる。胎児のように。

「それだけ見ていたのなら、なぜ今まで何も言わなかったの」

どうせ私の幸せを摘《つ》み取るなら、
なぜ最初からめちゃくちゃにしてくれなかったの。

私は父の太ももに跨《またが》ると、スラックスを下着ごと下げた。「何をするつもりだ」父が叫ぶ。

陰毛に覆われた足の間に、赤黒い性器がしなびていた。子供の頃に見たものより、ずっと小さく、縮んでいる。

私は手を伸ばした。父の性器を掴んで指でしごく。それは抵抗する術を持たないように、ぐんにゃりと頭をもたげ、指の動きに従っている。

「何をするんだ。やめなさい」父は完全にパニックに陥っている。足をバタつかせ、必死に逃げようとする。

ああ、私はこんなに弱い生き物を、これまで父だと思って怯えていたのか。

私は柔らかいままのそれを、唇で挟んで持ち上げた。かすかに潮の味がした。口の奥深くまでそれを咥《くわ》えると、思い切り奥歯で噛んだ。獣みたいな咆哮を上げ、父がのけぞる。

痙攣する父の胴を押さえつけ、作業に集中した。どれほどの時間が経ったかわからないが、そのうち父の体は抵抗を失い、だらりと弛緩《しかん》した。やがてペニスの内側に、ごくわずかだが密かな弾力が生まれた。私はそれを見逃さなかった。弾力を育てるように、ゆっくりと丁寧に唇を動かし続ける。父は低く呻く。そのうち、父のペニスは完璧に勃起した。不可抗力であることは微塵も感じさせない、凛々しい勃起だった。

私は立ち上がり、スカートをめくった。ひやりとした空気が下半身に触れる。下着を脱ぎ捨て、父のペニスの上にまたがった。

「ゼス、やめなさい」父はなおも抵抗しようとする。私は着ていたジャケットを脱ぎ、父の顔に被せた。父だったものはたちまち一本のペニスになる。私は腰を下ろした。みち、と粘膜の触れ合う音がして、父の先端が私の内部にめり込んだ。父の体が痙攣する。ジャケットごしに父の声が聞こえた気がしたが、私はそれを無視して更に腰をおろした。膣は収縮し、突然の異物を拒む。引き裂かれるような痛みが下腹部に生じたが、無理やりこじ開けるようにして父を体に埋め込んでゆく。父もまた、ジャケットの下でくぐもった悲鳴をあげた。どうやら痛かったらしい。私はジャケットの上から父の口を塞いだ。そのまま腰を進める。腹の奥にだんだんと疼きが生まれる。

欲しかったものとは別のものが、体に満ちてゆく。

父が欲しかった。父に愛されたかった。他の子供のように、優しく父に撫でられて、可愛いねと言われたかった。賢いね、ではなく。ゼス、お前は他の子より、ずっとずっと可愛いよ。

私は父という殻に閉じ込められた雛だった。同時に私も父の殻であろうとした。父を守るための。私たちは世界で常に二人きりだった。互いに一人だという意味で。私たちがやろうとしていたことは、二人とも殻から出ない雛のまま、また新たに殻から出られない雛を作ることだったのだ。

　やがて父の体が跳ねた。これまでとは異なる、命を使い果たすような柔らかなバウンドだった。どくどくと体の中に波打つものがあり、湿り気が太ももの内側に漏れ出した。私は腰を引き上げた。ペニスは引き抜かれ、てらてらと光っていたが、徐々に硬さを失い殺された蛇のようにだらりと横たわった。

　私は父から離れた。父はジャケットの下でブツブツと呻いていた。ブーンという人工子宮のモーター音に紛れ、それは聞き取れなかった。

「お父さん」私は声をかけた。父は答えない。私はジャケットを剝ぎ取った。父は固く目を閉じたまま、何かをつぶやいている。

　私は父の口元に耳を寄せた。

「ゼス」父は私の名前を呼んでいた。

「ゼス、許してくれ」

　喉の奥から焼け付くような苦しみがやってきて、私は叫んだ。獣じみた声はラボの壁に反響し轟音となって降り注いだ。私は床に転がってバタバタと暴れた。泣きわめき、叫び、体の中からあらゆる感情を吐き出すように。父は化け物を見るような目でこちらを見ていた。十一体の胎児に囲まれ、父の横に体を投げ出し、芋虫のようにうねり狂いながら私は叫び続けた。息を吸い、悲鳴に変えて吐き出すごとに体から感覚が離れてゆく。

ああ、私はもう誰の娘でもなくなってしまったのだ。

12

キャロルへ

お元気ですか？　メールをありがとう。前回からだいぶ時間が経ってしまってごめんなさい。ここに腰を落ち着けるまで、随分とかかってしまいました。

子供ができたとのこと、おめでとう。本当に嬉しく思います。直接会って言えないのが残念です。今のところ、そちらに戻る予定はないけれど、いつか会えたらと思います。

ここへ来て四ヶ月が過ぎました。相変わらず、ここでは何も起こりません。毎日、することといえば、召使《めしつか》いとお茶を飲んだり、村の女性たちとおしゃべりしたりするばかりです。冬季には賑わうゲストハウスも、今はお客が少なく、さして仕事もありません。時々、シンの個人的な研究を手伝うために近場の村へゆきます。彼はこの地域の女性たちの個人史の聞き取りをしています。全て、彼の趣味、私的な慰めです。特に目標があるわけでも、発表される予定もありません。

ニュースを見ました。生まれてきた子供たちが健康で良かったです。父が全員分の養育権を取得したことは意外でなりませんが、何か考えがあってのことなのでしょう。これでよかったのだと思います。私はもう、父と会うことはないと思いますが、彼が一人でないのであれば、それ以上に喜ばしいことはありません。

あなただけに正直に言います。
最後に私がラボに足を運んだ日、私は胎児たちを殺そうとしました。パネルを勝手にいじって酸素量を下げ、窒息死させようと思ったのです。父はそれを止めようとしました。パネルを操作し、酸素量のカーソルを0にしようとした瞬間、突然、切り裂くような痛みが下腹部に走りました。
下腹部に手をやりましたが、血は出ていませんでした。全身を縛り上げられたようで、私は呼吸ができなくなり、その場にうずくまりました。お腹の傷のずっと奥から、誰かが全力で私を止めようとしているようでした。私はうずくまったまま顔を上げました。胎児たちが私を見下ろしていました。逆さに、横向きに、真正面から。もちろんそれは幻覚です。でも、私ははっきりと二十二本の視線が私を射ているのを感じました。その視線に私は見覚えがありました。いいえ、見たことがあるように感じました。幼い頃、私の足元に跪いて世話をする母を、私は同じように見下ろしていたのです。

猛烈な痛みを抱えたまま、私はよろめきながらなんとか部屋を出ました。廊下を走り、裏口から飛び出て、庭を突っ切って道路に出ました。一台のタクシーがやってきて、私はそれに飛び乗りました。運転手に「空港まで」と告げ、後部座席のシートに深くもたれかかりました。その瞬間、涙が溢れてきました。私はしゃくりあげ、大声をあげて泣き出しました。運転手はびっくりして、大丈夫か、何かあったのかとしきりに尋ねましたが、私はそれに答えることすらせず、あーん、あーん、と子供のように泣き続けました。そんなこと、私の人生で一度としてなかったのに。

長くなってしまいました。

この実験が正しいのかどうか、人類を幸せにするのかはわかりません。生まれてきたことが彼らにとって果たして良い事なのかどうかも。けど、せめて、私はこの実験に協力した人間として――彼らを生み出す手伝いをした人間として――彼らの幸せを望んで――

望ん――

望――

――

私はパタン、とPCを閉じた。キャロルへの返信を最後まで完成させないまま。

「旦那様」

入り口からエルパがリビングに入ってきた。この地の召使いたちは皆、仕える対象を「旦那様」と呼ぶ。男性であれ、女性であれ。そのほうが気が楽だ。私とシンは籍を入れていないのだから。

ゲストハウスのリビングの土壁はピンク色に塗られ、この地方独特の織物がいくつも掛けられている。古いソファの前には切り株をそのまま据えただけのコーヒーテーブルが置かれている。窓の外からは隣の家のザラザラとしたラジオの音が聞こえ、崖下からはシンの世話するヤギたちの鳴き声が聞こえる。

「今夜は上弦だから、畑に種を蒔いて、広場で鳥を殺すよ」

エルパはかんかんに熱したお湯を入れたティーポットをテーブルの上に掲げて言った。彼女は畜養も畑仕事もシンよりずっと経験豊富で、私たちの先生でもある。街のカフェで働いていたこともある彼女が淹れるお茶は、味わったことのないほど美味しい。もっとも、日の高いうちは常に日陰にいて、日がな一日茶を舐めているこの地の人々であれば、六歳児だって目を閉じていても美味しいお茶を淹れるだろうけど。

エルパはヤギの乳をティーカップに注ぎ入れる。この地の人々は茶にヤギの乳を入れて飲む。こっくりとしたヤギの乳は茶の表面に薄い半月の模様を描く。くるくるとスプーンで混ぜると、表面に浮かぶ白い半月はたちまちレンガ色の茶と混じり合い姿を消す。

「なぜ人々は種をこの日に蒔くの」

カップを受け取りながら、私は彼女に尋ねる。

「上弦の月はあらゆるものを育てるからだよ。植物も、生き物も、月とともに育ち、また枯れる。その繰り返し」

「育ち損ねたものは？」

エルパは少し考えるそぶりをした。考え事をする時、彼女の瞳孔は少し引っ込んで見える。頭の中から答えを探し回り、縄をかけて連れてくるみたいに。

「次の上弦でまた新しいのが育つだけ。失われても、二度と育たないものはこの世にはないよ」

舗装されていない道を、私たちは首に縄をつけたヤギを引いて広場へと歩く。ヤギの乳を売るのはエルパの役目だ。その場で搾ってその場で売る。道の両脇には白いボロ布を四本の竹の上にかぶせただけの簡素な屋台が並んでいる。果物屋の机の上では、まん丸いスイカがぱくりと赤い腹をこちらに広げている。屋台の少年は私の顔を見るとにこりと笑って白い歯を見せた。金を持っていることを知っているのだ。土ぼこりが人々の顔や幌を一層くすませ、黄色い太陽光が全てのものの輪郭を曖昧にしている。

中央の広場では男たちが七面鳥を殺していた。群衆の真ん中で、初老の男が鳥の首をつかんで籠から引きずり出す。鳥は暴れもしない。慣れた手つきであっという間に首を捻《ひね》ると、乾いた音がして鳥はだらりと羽を垂らした。素早くナイフで頭を削ぎ落とすと、ホースのように首から勢いよく血がほとばしる。人々はそれに群がる。ラズベリー色の、たった今まで彼女の体の隅々まで巡っていたことを思わせる血が、人々の掲げる杯《さかずき》を、手を、汚してゆく。

「マダム、あの血を飲むといいよ」

エルパが笑う。「いいベビができるよ。マダム。年だからって捨てたもんじゃないよ」

曖昧な笑みを浮かべていると、エルパは言葉がわからないと思ったのか手でお腹の前に円を描いてみせる。

女が夫以外に裸を見せる習慣のないこの地で、私の体を見たものはいない。

女たちのクスクス笑いが聞こえる。黒ずんだ歯。舞い散る鳥の羽。そこら中に散らばったフンの匂い。エルパの豊かな乳房。泥の中に落ちたバービー人形。

私も笑った。

隣の女に杯を借り、宙に掲げる。男はそれを見ると嬉しそうに鳥の首をこちらに向けた。温かい飛沫《しぶき》が手にかかる。白い器を血が勢いよく弧を描きながら満たしてゆく。照りつける太陽が、泡立つ血の水面を輝かせる。杯に口をつけた。鉄の濃い匂いと、なぜか潮の香りがした。海ははるか遠くなのに。温かい液体を、口の中に含んで転がしてみる。ゆっくりと私の中を命が降りてゆく。空洞を埋め、また流れ出るために。

私は空を見た。月は強すぎる太陽の日差しに溶け込んで見えない。代わりにそこには遠い昔、私が求めていたものと同じものがある気がしたけど、それは記憶の中、あのバスの窓から見た強い日差しと、今、目の前にあるまばゆい日差しの中に溶け消え、なんであるかは決して思い出せはしないのだった。

エイジ

読んでいた本の中に「さびしさ」という単語が出てきたので、エイジは隣にいる芹沢《せりざわ》さんに訊いた。

「芹沢さん、さびしさってなんすか」

読んでいたのは小学生向けの小説なので、多分、昔の人は子供でも知っていた単語なのだろう。

芹沢さんは読んでいたドイツの哲学書から顔をあげると、うーん、とちょっと考えてから、胸の前に手でわっかを作って言った。

「胸の真ん中に、こう、ぽっかりと穴があるとするだろう」

「はあ」

「その穴があるはずのもので満たされなくて、疼《うず》くことだよ」

エイジは言った。

「胸に穴なんか空いてたら、息できなくなるじゃないっすか」

「ばかだなあ。比喩だよ、比喩」

芹沢さんはそう言って苦笑する。


子供の頃からF－1地区に割り当てられ、工場労働しかしたことのないエイジは、マニュアルを読んだり、業務日報を書いたりできるぐらいの読み書きしか学校で教わっていなかった。だから、感情を表す語彙が圧倒的に足りない。昔の書物を読むと、人はこんなにもたくさんの気持ちを表すための言葉を持っていた、ということに驚く。

「何もないのに、どうやってそこに何かあるはずだって気づくんすか」

「……わからない単語があったら、辞書で調べろって言っただろうが」

そう言って、芹沢さんは隣に積み上がっていた本の山の中から辞書を取り出し、乱暴に投げてよこした。

バサーっと、分厚い辞書は埃《ほこり》を撒き散らしながら足元に落ちる。

「っぶねっ、本は大切に扱えっつったの、芹沢さんじゃないすかあ」

「さびしー」で引いてみ、と芹沢さんが言うので、エイジは辞書をめくって「さびしい」を引いた。

さびし・い〔3〕【寂しい・淋しい】
(形)〔文〕シク　さび・し
〔「さぶし」の転。中古以降の語〕
①あるはずのもの、あってほしいものが欠けていて、満たされない気持ちだ。物足りない。さみしい。「彼の顔が見えないのはー・い」「タバコをやめると口がー・い」「ふところがー・い」
②人恋しく物悲しい。孤独で心細い。さみしい。「独り暮らしはー・い」「知らない土地でー・い生活を送る」
③人けがなくひっそりしている。心細いほど静かだ。さみしい。「ー・い夜道」「山奥のー・い村」

ふーん、とエイジは呟く。
わかった？　と隣で芹沢さんが言う。

「よく、わかんないっす。でも、ほかの小説の中にもけっこうたくさん出てくるから、昔の人にとっては重要な感情だったんですね」


芹沢さんというのはただのあだ名だ。エイジたち男には名前がない。AF－10801。それがエイジの番号である。芹沢さんというのは、彼の好きな作家の名前で、なんて呼べばいいですか、と聞いたときに彼が勝手に名乗った。エイジという呼び名も芹沢さんが勝手につけた。昔有名だった小説家の下の名前らしい。

「お前、エイジっぽいからエイジな」

そう言って、芹沢さんは目尻のシワを寄せて笑った。


最初にこの地下書庫に来たのは半年前のことだ。芹沢さんが、この場所の存在を教えてくれた。

「君、飢えてるだろう」

芹沢さんは休憩所でコーヒーを飲んでいたエイジにそう声をかけて来た。

「いいものがあるんだ。仕事が終わったら、ついて来なさい」

芹沢さんのことは前々から知っていた。彼はしょっちゅう他の工員たちに馬鹿にされていたから。芹沢さんは二十七歳で、この工場では最年長だ。残飯、役立たず、生きてるだけ無駄……労働に従事し、国家の発展に寄与しているのにもかかわらず、女から選ばれない男は生きているだけでお荷物扱いされる。

Ｆ－１地区に振り分けられる男なんて、遺伝子検査で何らかの異常が確認されたやつばかりだから、皆、彼をバカにできる立場じゃないと思うのだが、彼らが芹沢さんに厳しいのは、もしかしたら自分も残飯になるのではという恐怖を彼が感じさせるからかもしれなかった。

けど、そんな中でも芹沢さんは淡々と働き、無口であまり喋らず、いつもひょうひょうとしていた。何かトラブルが起きた時には無駄のない動きでフォローに回る。皆、笑い者にするくせして、ベテランである芹沢さんをどこかで頼りにしている節があった。

芹沢さんはエイジを、工場からさほど遠くない砂地の一角に連れてきた。瓦礫《がれき》を手で除《よ》け、砂を払う。やがて、鉄でできた四角い扉が現れた。扉を押し開け、暗闇の中へと続くハシゴを二人で降りる。芹沢さんはこの辺りを散策中に偶然これを見つけたそうだ。

「地下シェルターだよ。きっと何世代も前の金持ちが、核戦争から身を守るために作らせたんだ」

その光景を見たとき、エイジははじめ、壁という壁を埋め尽くすそれらがなんなのか全くわからなかった。シェルターの壁は足元から天井まで棚に覆われ、そこにはぎっしりと、古い匂いのする長方形の紙束たちが詰まっている。本というものの存在を知ってはいたが、実物を見たのは初めてだった。男たちに許される娯楽といえば、ギャンブルとゲームくらいだ。学習は電子デバイスで行われる。

不思議そうにキョロキョロするエイジを見て、芹沢さんは満足そうな顔をした。

「どうだい、死ぬまでの暇つぶしには、申し分ないだろう」

エイジは棚に並んだ本の表紙を一つ一つ眺めた。

「サロメ」「山×魚」「×の園」……読めない漢字が大半で、どんな内容かは想像もつかない。試しに目の前にある本を一冊手にとってみた。表紙を開いた途端、あまりの文字の量に頭がくらくらした。これほど主張する何かをこれまで見たことがなかった。文字たちの間に体が挟まってミンチになるようで、けど、それは嫌な感覚ではなくて、むしろ、飲み込まれ続けていたいと思うほどだった。読めない漢字も多かったが、その部分には何かのエネルギーが蓄えられているようで、それに触れることを思うとゾクゾクした。

「きっと一棚全部読み終わる頃には、死ぬのが惜しくなるよ。とはいえ、そうなったところで俺たちに選択権はないけれどね」

「どうしてオレなんですか」エイジは振り返って聞いた。

「贅沢を見つけたら、共有するのが大人の務めだからさ」工場の、他の奴らが聞いたら膝を叩いて大笑いしそうなセリフを、芹沢さんはやすやすと吐いた。

「それに、君にも必要そうな気がしたし」

「でも、見つかったら憲兵にしょっぴかれますよ」

「まあ、いいじゃないか。君、まだ若いだろう。幾つ？」「十五っす」

「じゃあ、大丈夫。俺と違って貴重な〝食材〟だからな。軽い咎《とが》め立てで済むさ。この本たちは、燃やされるだろうがな」

芹沢さんは長い年月を生きているだけあって、政府のことも、労働局のことも、よく知っているみたいだった。

壁中を埋め尽くす本たちは、母親の胎内のように彼らを包み込んでいた。エイジは少し安心した。金属だらけの建物の中で、古い匂いのする紙の本は優しく自分を守ってくれる気がした。


その日から、エイジは労働時間以外のほとんどをここで過ごすようになった。

芹沢さんと連れ立って、人目を避けてここへ来て、夜までの時間を過ごす。

それまで親しく口をきく相手なんかいなかった。女に喰われるための「エサ」でしかない男たちは、連帯しないように厳しく軍に監視されているし、労働現場でのチームわけも、頻繁にシャッフルされる。会話だって、仕事に必要な最低限のものだけ。男は女に喰われるだけだから、学なんていらない。労働に従事して、最低限の娯楽で息抜きして、あとは女に健康な精子を提供して、死んでゆく。

自慰も表向きは禁止だ。だから男たちは死ぬ直前に経験できる、セックスのことばかり考えている。

「セックスってめちゃくちゃ気持ちいいらしいぞ」

「女の股に開いてる穴で喰われるんだってよ」

「どうせなら、いい女に喰われたいよなあ」

芹沢さんは、絶対にセックスの話をしない。

哲学書、実用書、学術書、図鑑。ここにはあらゆるジャンルの本があった。哲学書や科学書を好む芹沢さんと違って、エイジがとりわけ惹かれたのは小説だった。

「小説を読むときには、一行一行、丁寧に頭の中で絵を描くようにして読むんだよ」

ここに来たばかりのエイジに、小説の読み方を教えてくれたのも芹沢さんだった。

「最初は何が書かれているのかわからなくても、一行一行、丁寧に、まぶたの裏側で景色を想像しながら読むんだ。そうするとね、ある日突然、理解できるようになる」

「なんのために、この人たちはこれを紙に書いて残したんでしょうかね」と芹沢さんに聞くと、芹沢さんはちょっと考えて、

「遠い昔、人間はチームになって狩りを行っていた。男も女も一緒にね。今みたいに、片方が片方を支配する形ではなくて」

「そうみたいっすね」

「狩りをするには、仲間がいる。……仲間になるには、感情の交換が必要だったんじゃないかな。感情は丸腰の人間が相手に差し出せる、唯一のものだからさ。たぶんこの人たちは、近くに仲間がいなくて、遠くのまだ見ぬ誰かと感情を交換したくて、こんな風に文字に変えて残したんじゃないかな」

　星の光のようだと思った。星の光は、何億光年も前から出発して、誰の目に入るのかもわからずに宇宙空間を進み続けるのだと聞いた。もし自分が今、感じていることを言葉に残したら、それはずっとずっとあとの世代の、誰かの目に入って、その人の心をチカチカ、揺らすだろうか。

　まあ、女に喰われるのを待つだけの、一介の工員の生活なんて、面白くもなんともない

だろうけど。

時には寮に戻らず、ここに寝泊まりすることもあった。砂地の夜は寒くて、ふたりは一枚の毛布にくるまって寝た。

芹沢さんは時々エイジの中に入って来たけど、エイジはそれを許した。男同士でそういうことをするやつがいるってことは知っていたから（もちろん、表向きは禁止だ。精子はすべて女のもの。妊娠のために使われなければならない）特段驚かなかったし、芹沢さんと交わった後には、いつもは動かない心の一部が波立って、小説の主人公たちの気持ちがより深く理解できるような気がしたから。

芹沢さんは放出した後、エイジを抱きしめながら時々涙を流していることがあった。エイジはびっくりした。泣く、という機能が男に備わっているなんて、思いもしなかった。それは自分たちのための機能ではないような気がした。小説の中でも登場人物たちがしょっちゅう、涙を流していたけれど、それと今を生きるエイジたちとは、どうにもつながらないように思えた。

ああ、この人は、この世の中で生きてゆくには弱すぎるのだ。

労働するために、麻痺させることができないぐらいの巨大な何かを芹沢さんは抱えていて、それが彼の歩みを止めさせるのだった。実際、工場でも、彼はしょっちゅう殴られていた。反抗するわけじゃない。ただ、小さなことでいちいち歩みを止めてしまうのだ。

試験管の中で培養されるように育ち、機械のように生き、働く、そんな生活の中で、こんな風になる人間は珍しかった。本ばかり読んでいるからだ、とも思った。でも、たしかに一度取り憑かれたら、読むのをやめられなかった。本にはそれぐらいの魔力があった。たくさんの小説を読む中でも、とりわけ日本の明治期の作品を好きになった。自分はこの中にいると感じた。もし、自分が、男と女が同じ場所で暮らし、つがいになり、子育てする時代に生まれていたら、と夢想した。女について想像を巡らせることは、女に喰われることについて夢想するよりもずっと面白い気がした。


「芹沢さんは、もしずっと昔の時代に生まれていたら、カゾクを持ちたいと思いますか」

「どうだろうねえ。本を読む限りだと、男一人で女と子供を抱えるのはとても大変そうに思えるし……けどカゾクは群れの最小単位だったから、何かしらの形で必要とはしたかもしれないね」

「遠い昔の人にとっては、随分と大事なものだったみたいすね」

「まぁ、何が大事かなんて、その時代によって変わる幻想でしかないけどね」

芹沢さんは頬を引きつらせて笑った。

「例えば俺たちは子供の頃からさ、空から降りてくる女に身を捧げるのが至上の幸せって教えられて来たわけじゃない」

「はい」

「でも今から一千年前はさ、男はたくさんの女と交わって、子供作って、テキと戦ってさ、貨幣やたくさんのものを所有することが名誉って言われてた。全然違うだろう。人の幸せなんてものは、時代によって変わる。全部幻想だよ」

「オレ、でも、そんな時代に生まれたとしても、そういう男にはなれない気、しますけどね」

「俺もだよ」

ははは、と芹沢さんは笑った。

「まあ、でも、そういう男だってそれなりに大変だったかもしれないしね。どの時代も結局は女が子供を産むことに違いはないわけだし、そう考えたら、男のやってることなんて、どの時代もそうそう変わらないようにも思えるね」

「そうすかね」

「うん。その時々で男に要請されてる役割なんて、結局は女の都合に合わせて作られているだけでさ」

　サークルを回してるんだ、と芹沢さんは言った。

「俺たち男はさ、サークルを回し続けてるんだ。くるくるくるくる、その時求められた速さで。後には何も残らない。労働して、寝て、女に喰われて、また働いて……。そうやって必死に回すだけ回して、消えてくんだ」

　そうだろうか。

　確かに、物語の登場人物たちはサークルを回しているだけのように見えた。けど、どの人物もそれなりに生を謳歌しているようにも見えた。芹沢さんはそう言うけど、それなりに平和な時代はあって、それなりに豊かで、それなりに人々は愛を持って生きていたように、物語を読むと思える。

　それは思い込みだろうか？

　それでも、と芹沢さんは言った。

「食べられ方を自分で選べたっていうのは、男にとっては一つの矜持《きょうじ》になり得たんじゃないかな」

　頭を扉の隙間からそうっと出し、あたりを見回してから、そろり、と上半身だけ地上に這い出る。途端に目の中に砂が入って、エイジは顔をしかめた。人気《ひとけ》のない砂地には砂嵐がひゅうひゅう、吹き荒れている。

顔を上げると夜空が広がっていた。目の前には汚染ガスに遮《さえぎ》られてどろりと濁った月があり、その向こうには明滅する衛星が無数に見える。女たちの星だ。

ふと、お母さんのことを考えた。

自分を作った女の人は、今でもそこに暮らしているのだろうか。と言っても一度も会ったことはない。子供は生まれてすぐ人工保育器にぶち込まれ、オスは地上へ連れてこられる。一緒くたに育てられ、遺伝子検査によってランク付けされエリアに振り分けられ、必要最低限の教育を施されたあとは直ちに労働に駆り出される。生まれてから死ぬまで、母親というものに会うことはない。

幸せだろうか。

エイジはふと思った。

オレのお母さんは、オレを産んで幸せだっただろうか。

聞いてみたい。もし、女と言葉を交わすようなことが万が一でもあれば、彼女たちがどう感じているかを。

小説の中で繰り返し描かれているように、子供を産むことに、幸せを感じることがあるのかどうか。

「エイジくん?」

足元から声がした。芹沢さんがハシゴの途中で、ドアから半分体を出したままのエイジを不思議そうに見上げている。

慌てて外へ出た。芹沢さんも這い出て、地下書庫のドアに慎重に鍵をかける。

目の前に広がる星空は、さっきまでよりもガスが晴れ、一粒一粒が際立って見えた。


読書すればするほど、労働は自分の中で無意味なものになっていった。エイジはやる気をなくした。その就業態度の悪さは工場内でも徐々に問題になっていたけれど、あまり気にしなかった。


太陽の日差しがきつい。スモッグで喉が痛い。スモッグを避けるために顔を覆うマスクを着けると、顔が焼けそうに熱い。

午前の労働が終わり、休憩時間にエイジは運動場の隅でぼんやりしていた。

「男が女に喰われると、魂が救済されて来世にいけるんだってよ」

「来世っつったってなあ、また男じゃあなぁ」

「次は女に生まれてぇなぁ」

辺りでは男たちが、また同じような会話を繰り返している。

ふいに、運動場の一角でざわめきが起きた。

「おい、変なの捕まえたぞ」

そう一人の工員が叫びながら、何かをひっぱってこちらに歩いて来るのが見えた。男たちの中で最も素行が悪く、上官からもしょっちゅう注意されているやつだった。

「倉庫の裏に隠れてたんだ」

そいつが連れている二匹の生き物を見たとき、エイジはすぐに気づいた。あれ、女だ。千年以上も前の。生物の図鑑で見たことがあるし、その頃の本の表紙にはたくさんの女の裸が描かれていたから。

そいつらは素っ裸のまま、砂にまみれて震えていた。男よりもかなり小さく、つるりとした体をしている。鱗も牙もない。けど、肝心の男の印が足の間にはない。

「なんだこいつら、気持ち悪い」

「男じゃないよな」

生き物たちは身を寄せ合い、取り巻く男たちを睨みあげている。

「こいつら、女だよ」一人の男が叫んだ。

たちまち男たちの間に動揺が走る。

「女？　これが女なのか？」

「鱗、ねえじゃん」

「たまに遺伝子のエラーでこういうのが生まれるって聞いたよ。出来損ないの女ってのは、男にそっくりなんだ」

「なんだよ、それ」

「ひどいよな、役に立たなかったら捨てるなんて、女ってのは本当に、自分の都合しか考えてねえ」

女たちを連れてきた男が言った。そいつはなんだか無性にイライラしているみたいだった。

「捨てられたってことはさ、何してもいいってことだよな」

そいつは近づくと、突然二人のうちの一人を蹴り上げた。ギャン、と声をあげて子供は地面に転がる。

エイジは思わず立ち上がった。

「本物の女だったらさ、穴があるはずだろ……調べてみようぜ」

そう言うと、そいつは乱暴に子供の足を摑んで無理やり開こうとする。

「やめたほうがいいすよ」エイジは叫んだ。叫んだ後で、あ、しまった、と思った。

男は振り返り、こちらに視線を向ける。

「あ?」

「あ、いや……不審なものを見つけたら、上官に届け出ることになってるじゃないすか」

男はずかずかとこちらに近づいて来た。間近に見ると、そいつはエイジよりずっと体格が良く、背も高かった。エイジよりも年上で、芹沢さんよりは若い。

「てめえ、何偉そうに説教垂れてんだよ」

男は胸ぐらに摑みかかってきた。

「若いからって威張ってんじゃねぇぞ」

「やめてください」エイジは言った。暑いのに冷や汗がどっと吹き出す。「二十歳以下の男の殺傷は無期懲役ですよ」

「こいつ、〝残飯〟と最近つるんでる奴だよ」誰かが言った。

「げ、気持ち悪い」

「あんなのとつるんでるから、頭おかしくなんだよ」

冷笑があたりを包み込む。

「こいつさ、最近勤務態度わりぃんだよ。ボコしちまえ」

「お前さ、いい子ぶってるけど、こいつら上官に引き渡したところでどうなるか知ってんの？」

さっき、こいつら女だよ、と叫んだ男が言った。

「こういうのはさ、憲兵たちのおもちゃにされんだよ。出来損ないの女は、軍の奴らが独占するわけ。あいつら、女たちとそういう協定結んでんだ」

「なんだ、そりゃ。……おい、お前、それでも上官にしっぽ振る気か」

男はエイジの胸ぐらを摑んでいるのとは反対側の手で、ポケットから工業用ナイフを取り出すとエイジに向けた。

「いいか？　おれたちはさ、いいように使われる運命なわけ。最初から最後までさ。偉い奴らは安全なところにいて、女に搾取されてるおれらのこと嘲笑《あざわら》ってんだ。朝から晩まで働いて、挙句女に喰われて、何も残んねえんだよ。……それでもお前は品行方正にしてろっつうのか？」

何も言えなかった。男はやがて摑んだ手を離すと、ナイフをこちらに向けたまま後ずさった。再び子供たちの近くまで来ると、地面に倒れたままのそいつらに手をかける。

「いてぇ！」急に男が悲鳴をあげた。片方が男の手に嚙み付いたのだ。

「てめぇ、ふざけんなよ」男がナイフを振り上げた。エイジは慌てて男に飛びかかる。ナイフを持つ手を摑んで止めようとしたが、体格の差にたちまち地面に引き倒される。

「おい、本当に捕まるぞお前！」誰かが叫ぶ声がする。

「知るかよ、こいつ、気に入らねーんだ、おれはお前らとは違う、みたいな顔しやがって」

ナイフの切っ先が頭上で光った。やられる、と思って目を閉じた瞬間、急に黒い影が覆い被さり、ハッとしてエイジは上を見た。

「やめなさいよ」

芹沢さんだった。芹沢さんのひょろりとした体が、地面に倒れたエイジと、突き出されたナイフの刃とを遮っている。

「命を粗末にするのはやめなさいよ」

彼は眉ひとつ動かさずに、男をまっすぐ見つめていた。胸にはナイフが深々と突き刺さっている。

「何言ってんだ、お前」

男は慌ててナイフから手を離した。

すっかり青ざめ、ぶるぶる震えて、けど、なんとしてでも自分の正しさを認めてもらいたいような顔をしている。

「俺たち男なんて、どうせ喰われるだけの捨て駒じゃねーか。それなのに」

「だからこそです」

芹沢さんの声はとても静かで、けど、鋼《はがね》のように硬かった。

「だからこそ、自分の命を粗末に扱ってはいけないんです」

ばたばたと靴音がして、憲兵がこちらに駆けてきた。たちまち男を捕まえる。暴れる男の叫び声が運動場に響いた。同時にサイレンが鳴る。休憩時間の終わりの合図だ。周りにいた男たちは、何事もなかったような顔でぞろぞろと灰色の建物に入ってゆく。

「エイジくん」地面に倒れた芹沢さんがエイジを呼んだ。

「俺の言ってることは、間違ってると思うかい」

「芹沢さんの言う通りですよ」

エイジは言った。

「芹沢さんが、間違ってるわけありません」

「AF－10801、労働に戻りなさい」さっきからずっと黙って見ていた上官が叫んだ。

「理由なくラインを止めると禁錮刑になるぞ」

マスクを着け、分厚い防護服に身を包んだ救護班がやってきた。彼らはそばにいるエイジの姿などまるで見えないみたいに、まだ息をしている芹沢さんの体を乱暴にビニールバッグに放り込むと、そのままどこかへ運んで行った。

グラウンドの地表に染み込んだ、真っ黒な血の跡だけが、芹沢さんがそこにいたことを示していた。

芹沢さんの体と一緒に、憲兵たちは書庫の鍵も持って行ってしまった。


その日の夜、エイジはこっそり寮を抜け出して工場の倉庫に閉じ込められていた子供たちを連れ出した。皮肉なことに、満天の星空だった。

子供たちの手は柔らかくて、細くて、けど、しっかりとエイジの手に吸い付いてきた。

フェンスを越えて外へ出る。近づくまでは頑強で、高くそびえているように感じていたそれは越えてみるとペラペラだった。しばらく歩くと瓦礫の山が見えた。瓦礫の中に、なんとか三人分のスペースを見つけて潜り込む。風が冷たい。凍えそうだ。バリケードを作って双子を温めた。子供の体温は高かった。これまで触れたことのない柔らかさでエイジを包み込む。

芹沢さんの体の重みを思い出した。もうここにはない、彼の体。

ふいに両目からぽたぽたと涙が零《こぼ》れ落ちてきた。

ぺろ、と双子の片方が、ほおに伝う涙を舐めた。エイジはその子を見た。その子の目にも涙が滲んでいた。涙というのは、羊水と同じ成分だと聞いたことがありますよ、と芹沢さんは言っていた。だから、悲しいとき、安心させるために、ほおを伝うんです、と。

お返しに、その子のほおを舐めた。塩っぽくて、少し安心する味だった。ずうっと昔、気の遠くなるほどの過去に、こんな味のものを口に含んだことのあるような気がしたが、それが本物の記憶なのか、小説を読みすぎて肥大した妄想の産物なのかはわからなかった。

星はぼうっと灯っていて、でもそれはぶ厚い雲のずっとずっと向こう側《がわ》で、手が届くなんてことは絶対になさそうだった。何億年も前の世界で生まれた星の光は今、地球に届いて、地上の惨状をどう思っているのだろうか。嘆かわしいと思っているだろうか。少しでもいいところを、照らしてみようと思うだろうか。

「さびしいなあ」と口にしてみた。言葉にした途端、それまでぼんやりと胸の内側を覆っていただけだったその感情は、鉛のようにごろんとした輪郭と重さを持ち、腹の中に落ちて来た。

双子の体のふわふわの触り心地を腕の内側に感じながら、エイジはさびしい、さびしい、と言い、いつまでもその感情の輪郭を確かめ続けていた。

身体を売ること

わたしがこの銀色に光る新しい体を手に入れた時、まずはじめに思ったのは、「ああ、これからはもう、男たちに好き勝手にされずに済むんだな」ということだった。

身体を売ることだけしか知らずに育ってきた。このスラムに住む他の多くの女の子たちと同じように。

泥の中に妹《シスター》がいる。妹の手は変形している。スコールが上がったばかりの道はぬかるんでいて、ゴミ山から溢れてくる汚水で地面は七色にきらきらしている。小屋の前に座り込んでいた彼女はわたしを見つけると、最初は目をまん丸にして、次には変形した手をひらひらと振りながら、満面の笑みで迎えてくれる。

「いい体じゃん。おめでと、ニナ」

「ありがと……あんた、今日は？」

「あと二人とったら終わりだよ。アナル好き二連チャンだから嫌んなっちゃう」

「そっか。頑張って」

妹の指は三本しかなく、折れた傘の骨みたいにクネクネと曲がっている。こういう子が好きな客もいるから稼ぎには困らない。好きなくせして、お前みたいなのでも買ってやってるんだ、って態度を取るから、その分手荒く扱われることは多いけど。

瞬き三回でカメラ・アイが起動した。パチリと音がして、妹の歯の抜けた笑顔がカメラロールに保存される。カメラ・アイは唯一、義体化《サイボーギング》の際にわたしがオーダーしたアクセサリだった。妹たちと自撮りしたり、配信の真似ごとをする時に使うための。

右手の指先をこすり合わせると、半透明のメディアパネルが顔のすぐ前に立ち上がった。

SNSにログインして書き込む。

「今日で上がります。バイバイ、くそチンポども！」

たちまち近所の女の子たちからメッセージが届く。

「いいなぁ、ニナ！」

「どのモデルにしたの？」

「アタシももうすぐ卒業予定。友割チケットちょーだいね」

画面から吐き出されたカラフルな3Dスタンプが空中を跳ね回る。わたしはその一つ一つに「いいね」をつける。

「これで病気とか気にせずゴミ山の作業員になれるね！」

何も持たないわたしたちにとって、唯一の救いは機械の体《ボディ》を手に入れること。暴力と支配と惨めな思いを弾き返す、合金製の丈夫な義体を手に入れること。

他に撮るものを探して空を見上げた。小屋の裏手には巨大なゴミ山が広がっていて、そこから噴き出す有毒ガスと、近所の工場から流れてくる煙のせいでこのへんの空は常に紫色だ。おばあは寝たきりのベッドからよく空を見上げては「ジャカランダの色だね」と言って微笑む。ジャカランダって何、と聞くと、お花の名前よ、とおばあは言う。

「おばあは見たことある？」

「あるよぉ、この辺りはおばあの若いころからゴミ山だったけど、それでも植物は生えてた」

そう言っておばあは腕のボタンを押し、メディアパネルを立ち上げる。おばあの腕は錆びついて赤茶け、あちこちから神経コードが飛び出している。やがて紫の花をどっさりとつけた、空まで届く巨大な木の3D映像が浮かび上がった。おばあの体は数十年前、数々の感染症が世界中で蔓延し、多くの人が義体《ボディ》を求めた第一次義体化《サイボーギング》ブームの頃に買ったものだ。いまではメーカーが倒産し、バージョンアップは不可能だった。

「ニナちゃんの生まれ月には、それはそれは綺麗な花が咲いててねぇ、よくデートの口実に、ジャカランダを見に行こう、なんて言ったんよ」

わたしは花なんて見たことがない。花だけじゃない。植物なんて、ここらには滅多に生えない。義体化でもしない限り、このへんで生き物が長く命を保つのは難しかった。地球規模の環境汚染と数々の伝染病、生まれた時から吸い込み続ける有害物質、一年中降り注ぐ超強力な紫外線。それらのせいで、わたしたちの身体は成人する頃にはボロボロになってしまう。だからそれまで必死で身体を売り、稼いだ金で全身を義体化するのが、わたしたち娼婦にとっての〝当たり前〟だった。

わたしの場合は、ちょっと特殊だったけど。


十六歳の誕生日の朝、高級スーツに身を包んだ男たちがやってきて、わたしの肉体が欲しい、と言った。

「十六歳の、健康な若い娘の身体を探してる金持ちがいるんだ」

悪趣味なフェイクダイヤを義体《からだ》じゅうに埋め込んだ、その生体エージェントの男は言った。

「あんたの身体を俺たちに売らないか。もちろん、最新のH／T《ヒューマンテツク》社の義体《ボディ》と交換だ」

今や、健康な生身の肉体で生きることは限られた富裕層だけの特権だった。彼らはスラムの住民が絶対に足を踏み入れることのない超高級エリアに住み、完璧に密封、滅菌された清浄な空間から決して出ることなく暮らしている。それでも世界人口の60％が遺伝病に冒されているこの世界では、生まれ持った身体を保つのは難しい。だから彼らは身体を買う。莫大な金をかけて他人の肉体に脳を移植し、若々しく健康な姿を保つ。

「もちろんお前さんの身元はバレないさ。運悪く脳死した中産階級の子女ってことにして高く売ってやる。処女膜は再生するし、傷跡やなんかは培養皮膚で一発だ。――金持ちなんて、バカだから簡単に騙せる」

なんで金持ちたちは義体化しないの、とおばあに聞くと、おばあは
「肉体がないと、味わえない喜びってもんがあるんだよ、スポーツとか、食べることとか」と言った。

「スポーツって？」

「肉体の能力を競うことだよ。昔はね、強靭な身体を持つことは、人間の誇りだったの。

おばあが子供の頃にはオリンピックってものがあってね、世界中から強い肉体を持った人たちが集まって、それぞれの能力を競ってたの」

「何それ。義体《ボディ》の方がずっと便利だし、頑丈じゃん」

「まあ、そうだけど……。あとは、セックスだろ、あとは、出産とか、育児とかね。昔は誰もがあの苦痛を味わっていたもんだ」

「げぇ。最悪」

「わざわざ苦痛を背負うなんて馬鹿げてると思うけど、一部の金持ちってのは懐古趣味なんだ」

それにね、とおばあは続けた。

「老いない素敵な生身《オリジナル》の身体を保つことは、一種のステイタスなんだ。己の資金力を見せつけるためのね。わたしたち貧乏人はさ、生きるために、義体化するしかないだろ」

変なの。生身の身体があったことで、喜びなんてあったかな。

男たちは常に、乱暴にわたしの身体に押し入ってきた。どれだけ痛くても怖くても、それに耐えなければいけなかった。若い頃は高級娼婦だったおばあに似て、わたしは美人だったし、元の体にはスラムの子には珍しく、なんの遺伝病も基礎疾患も、外見上の奇形も見られなかった。五体満足で、思春期を迎えてもなんの病も発症せず、めったに病気にもならず、超健康優良娼婦として稼げたのは、わたしを産んですぐに逃げたママがどっかの超健康優良客《バカ》にナマでやられて孕《はら》んだおかげ。おばあはお前には変な客を取らせたくないと言って、回転率が落ちてもわたしを高く売ってくれた。だから他の子たちよりは少しは扱いはましだったけど（もうすぐ義体化するからいいだろと言って、客に指を切り落とされた子もいるし、変な薬を山ほど打たれて死んだ子もいる。そんなこと、ここじゃ日常茶飯事）それでも男たちは一様に乱暴だった。まるで他人の身体を無下に扱えることを、一種の特殊能力として誇るみたいに。

ばっかみたい。

あんたたちのチンケなパワーなんて、機械の体でたやすく代用できる程度の、しょっぼいもんでしかないのに。

話を戻すと、そんなわけでエージェントの男たちと契約し、新しく手に入れた義体《ボディ》を初めて見た時、わたしはホッとしたのだ。これでもう、少なくとも「女《モノ》」として扱われることはない、って。

わたしはゲットしたばかりの機械の腕を曲げ伸ばしてみる。まだ神経接続が上手くいってなくて力加減がわからない。指先まで完璧に磨き上げられた美しいアルミ合金の外殻《フレーム》は、太陽を浴びてきらきらと光った。爪も欠けない。ささくれもない。綺麗だね。そう、はじめての客の男がわたしの手を握って言ったことを思い出す。すべすべで、おまんじゅうみたいで可愛い手だね、この辺りの子らなんて、十六歳過ぎればボロ雑巾みたいな身体になっちまうだろ、だからさ、やっぱり女は十歳までに限るんだ。

わたしは思う。

生身の肉体を信奉する奴なんて、皆ばかだ。

生まれつきの身体なんかより、こっちの方がよっぽどいい。そうはいってもわたしが手に入れたのはH／T《ヒューマンテック》社の販売する義体《ボディ》の中では一番安価な汎用モデルだったから、何年も使えばすぐにガタがくるだろう。メンテにも金がかかり、みなそれを賄うために月額制の割高なプランに入る。解約には莫大な違約金がかかるため、家族を思うと自死《セルフ・スクラップ》もできない。バージョンアップは目まぐるしく、ローンを払い終わる頃には見計らったように新しいモデルがリリースされる。ローンの返済に追われ、メンテとマイナーチェンジを繰り返し、脳の寿命が尽きるか、メンテ費を払えなくなるか、そのどちらかが来るまで義体を酷使して働き続ける。それがわたしたち超貧困層の、ありふれた一生。

「義体《からだ》を買うために生きてるのか、生きるために義体《からだ》を買うのかわからないね」とおばあに言っても、おばあは「そいが言うても、おばあはニナちゃんに生きていて欲しいが」と笑うだけだった。劣化によって、あらゆる痛みも苦しみも悲しみも記憶から脱色されたおばあの笑顔は、年に一度の夏祭りで見る、祭壇の中の仏様の顔に近い。納得はできなかったけど、感染症にかかって内臓がむしられるほどの苦痛を味わい、周りにウイルスを撒き散らして死んでゆくのとどっちがマシか考えると、一生の負債を背負うことになってでも、義体《ボディ》を手に入れた方がいいと思えるのだった。それに、わたしがいなくなったら、おばあの面倒は誰が見るんだろう。

バイバイ、わたしの肉体《からだ》。

もう、ちぎれそうなほど乳首を噛まれたり、顎関節がおかしくなりそうなほど喉奥にペニスを突っ込まれることもない。毎月血を垂れ流す、やっかいなあの穴も、新しいこの義体《からだ》にはない。代わりに六本の腕があるわけでも、超高性能ＡＩが入ってるわけでもないから、わたしにできることといえばＡＩすらやらないような最低賃金の肉体労働だけだ。でも、それでよかった。生身の時からわたしはずっとモノだったし、義体を得た今から先もずうっとモノだ。同じモノなら、男に押し入られないモノの方がずっといい。
もう一生、目にすることもないだろう。あんなもの、持ってるだけなんの意味もない。

そう思っていたから、スラムから十五㎞離れた市街地の役所におばあの給付金を受け取る手続きのために行った帰り道、車の窓から外を覗くわたしの姿を見かけた時、わたしは死ぬほどびっくりしたのだ。

その高級車は、やけにゆったりとした動きで、――どこかへ向かうというより、そこにいること自体が目的、といったスピードで、市街地の喧騒の中にそのばかみたいに長い体を割り込ませて来た。

その時のわたしは路上のスタンドで義体《ボディ》の充電《チャージ》をしている最中だった。路上は人でごった返し、視界は排気ガスとPM2・5であいかわらずドロンと濁り、五〇m先もよく見えないくらいだったけど、それでも、他でもないわたし――いや、ついこの前までわたしだった肉体《モノ》――が何かを探すように車の後部座席の窓から外を見ているのを、わたしは見逃さなかった。

「すげえ車だな。どっから来てんだよ」

わたしの隣で、同じように腰にチャージャーを差した男（たぶん。各人が好みの外殻《フレーム》を選べるようになった現在では、外見の特徴から中身の性別を推測するのは難しい）がひとりごちた。

「ありゃＧＦＤ《グリーンフィナンシャルディストリクト》の金持ちだな」

その隣に立つ男が、車のナンバーにちらりと目を注いでそう返す。

ＧＦＤは国の富の80％がそこに集まると言われている経済特区だ。ガラスのドームに覆われ、遠くからは巨大なシャボン玉のように見える。入り口には幾重もの厳重な警備がなされ、許可を得た人間しか中に入れない。その中心にそびえ立つのは、一〇〇〇ｍを超す巨大な「ＧＦＤタワー」だ。超強力な空気清浄装置によって内部の空気は濾過《ろか》され、ＡＩロボットによって一秒ごとにエリアの隅々まで滅菌され、許可を得ていない有機体は、ウイルス一粒すら中に入れない。あらゆる健康被害から住人たちを守る、超高級マンション。誰もが一度は住むことを夢見る、地上のサンクチュアリ。そこに住めるのはこの国のトップ1％の富裕層だけだ。

「そんなところの人間が、なんでこんなところまでわざわざ出てくるんだよ」

「下々の人間の生活でも眺めたくなったんだろう。物見遊山さ」

「そんなに病気が怖いなら、ＧＦＤにすっこんでろよ」

男は忌々しそうに悪態をついた。

「金持ちの考えることにゃわからん」

男たちの会話はそこで途切れた。

わたしは狭い道の上で立ち往生する、巨大な車の後部座席を見つめた。その子は——わたしの身体の新しい持ち主は、分厚いUVフィルタに遮られながらも、懸命に何かを探すように目を凝らしていた。首元と、窓に添えられた手首の端には着ている洋服の一部が見え、ほんの少しだけでも、それがとても高価なものであることは分かった。

車が一瞬、バックした。その途端、どきりとした。その子がわたしを見た。わたしの瞳が——正確には、元の体《わたし》のなかに入った誰かが、わたしを見つめている。

いや、勘違いだ。わたしの平凡な外殻《フレーム》には、目立つ要素は一つもない。だから、あの子がわたしを気に留めるはずもない。ましてやわたしが、あの子の新しい身体の元の持ち主だなんて、気づくわけがない。

思ったとおり、すぐに目は逸らされた。後ろの車のクラクションに押し出されるようにして、車はゆっくりとコーナーを曲がり、雑居ビルの向こうへと消えて行く。

車体が見えなくなる寸前、わたしは三回瞬きして車のナンバーの写真を撮った。なぜ、自分がそんなことをしたのかわからなかった。

わたしはわたしの身体を売った生体エージェントの男にコールした。

「ねえ、わたしの身体を買った人って、どこのだれかわかる？」

「そいつは教えられないな」エージェントは言った。

「お前も知ってるだろう。生体の買い手の個人情報は厳重に保護される。売り手にすら教えられない決まりだ」

「実はね」

わたしは嘘をついた。

「この前さあ、わたしが子供の頃からずっと診てもらってた医者に会いに行ったんだよ。あんたたちに体を売る前に、検査して診断書書いてもらったやつね。九十を超す爺さんなんだけど、もうすぐお迎えが来るって言うからさ。そしたらあの耄碌《もうろく》じじい、実は診断書をごまかした、なんて言うんだよ。実はわたしの身体には重要な疾患があってね、けど、病気が発覚したら売れなくなるだろうって、なかったことにしたんだって」

わたしはよく知られている疾病の名を口にした。

メディアパネルのスピーカーから、男が息を飲む音が聞こえた。生体移植後に申告されていない疾病が見つかった場合、エージェントは莫大な損害賠償と違約金を請求される。

「……畜生、ぶっ殺してやる」

「残念ながら、爺さんはもう死んじゃった。安心して。すぐにどうにかなるような病気じゃないのは知ってるでしょう？　薬さえ飲めば、進行は限りなくゆっくりになる」

男の荒い鼻息だけが聞こえてくる。一応、聞く耳はもっているようだ。

「──あんたたち、富裕層向けの家政婦のエージェントにもつながりがあるよね？　わたしがその家にメイドとして潜り込んで、薬をいまの生体保持者《オーナー》にどうにかして飲ませるようにする。病気が発覚しなければ、違約金を請求されることもないし、相手の寿命が延びた分だけ、あんたたちは生体のメンテ費を搾り取れる。それだって、あんたたちの重要な収益源なんでしょう。どう？」

「くそっ！　どうもこうもねえよ」

「報酬は、メンテ費を分けてくれればいいよ」

「調子に乗るんじゃねえぞ！」

「七：三で。プラス、おばあに新しい義体《ボディ》を用意して」

「ふざけるな！　殺されてえのか！」

「今すぐ〝疾患のある十六歳の生体をあんたたちに売った〟ってネットに書き込んでもいいんだけど」

　男は舌打ちした。

「お前、先はねえと思えよ」

　数分後、ファイルが通信画面にドロップされた。偽の履歴書と、メイド・エージェントの連絡先だった。

「どうも」

「エージェントには、こっちから手を回しておく。メンテ費の取り分はこっちが八でお前が二。中古の義体《ボディ》をつけてやるからそれで我慢しろ……言っておくが、絶対に身バレするんじゃねぇぞ。俺たちまで消されるからな」

「そんなにやばい相手なの？」わたしは聞いた。

「あのな」男は声を潜めて言った。

「お前の身体を買ったのは……H／T《ヒューマンテック》社のCEOだよ」


初めてわたしがその家に足を踏み入れたのは、それからひと月後のことだった。

何重ものセキュリティチェックを受け、汚染物質が体表に付着していないか確認され、殺菌処理をこれでもかと施されてわたしはGFDタワーの中に入った。

気が遠くなるほど長い間エレベーターに乗り、やがてたどり着いたのは、タワーの最上階にある超豪華邸宅だった。

すごく変な場所だった。これまで見たことがない、という意味で。

屋敷のあちこちには、大量の植物が植えられていた。エントランス・ホールは様々な種類の草木で埋め尽くされ、中央には浅い水の流れるベルトがある。おばあが教えてくれた、紫の花弁をフサフサと垂らしたジャカランダの木も何本も立っている。木々の間には、宙をひらひらと舞う小さな生き物が見える。あれ、きっと『蝶』だ。

何より奇妙に感じたのは、その木々の間を縫うようにして置かれている、巨大な人間の裸体の彫刻たちだった。

「古代ギリシャのものだよ」

彫刻を見上げるわたしに、この家の主である男は言った。H／T《ヒューマンテック》社のCEOだ。

「見たまえ、この力強さを。……このころの作品が一番、人体の美しさを表現できていると思うんだ。この生き生きと弾むような曲線、神々しい陰影を生み出す凹凸は、どんな科学技術を駆使したところで再現はできないね」

男は隣に立ち、わたしを見下ろしながら言った。驚くほど背が高く、胸や二の腕の筋肉がこんもりとスーツの布を押し上げていた。年齢は三十ぐらいだろうか。肌も歯も光り輝いている。こんな人間を、今までわたしは一度も見たことがなかった。もっとも、彼が身につけているのが生まれつきの身体かどうかは不明だ。生まれてから死ぬまで、同じ身体で生き続ける人間の方が少ない。

「生身の肉体が持つ美しさは、他の何にも代え難いものだよ。そう思わないかね」

「……はぁ」

「君は十六歳だったね」男は意味ありげな目線をわたしに向けた。

「妹と同い年だ——来なさい」


通された部屋に足を踏み入れた時、わたしは息を飲んだ。

わたしだ。

つい二ヶ月前まではわたしだったもの——わたしの肉体が、そこにいる。

「ごきげんよう」

それはわたしの唇、わたしの声でそう言った。高さも、発音のくせも、まるきり同じで、けれどもまるきり、元のものとは違う口調で。

「美しいだろう。私の妹だ」

ＣＥＯは満足そうに呟いた。

「つい先日、生体移植したばかりなんだ。それまでは病気がちでね。自室からほとんど出ることもなく暮らしてきた。両親が死んでから、私が養育している」

ＣＥＯは彼女の横に立ち、わたしの身体を——違う、わたしのじゃない。わたしの身体を持つ人間の——頭を、その大きな手で撫でた。髪に指を差し入れ、ゆっくりと梳き下ろす。わたしの持ち物だったときより、何倍も艶やかで、丁寧にブラッシングされたその髪は、されるがままにさらりと従う。

わたしは彼女をまじまじと見た。

美しい刺繡入りのドレスに身を包み、高そうな靴を履き、ほんのりと化粧をしている。小屋の女の子たちが使い回しの化粧品で互いの顔に描き合うメイクとは、まるきり違った。こんな風に美しく着飾ったわたしの姿を鏡の中に見たことは、もちろん一度としてない。

目の前にいる人間は、まさにわたしが二ヶ月前に売り払ったわたしの身体を持ち、けど、決してわたしではない、別の人間だった。視線はキョロキョロと落ち着かなく、猫背で、これだけ豪奢な装いに身を包んでいるものの、心なしか貧相に見えた。何より、彼女を弱々しく見せているのが、彼女の座っている厳めしい電動車椅子《オートモビリティ》だった。

「担当医は健康上は何の問題もないと言うが、念のため、この家の中だけで育ててるんだ。これまで病気がちだったこともあって、一人じゃ何もできない。君には妹の身の回りの世話をしてもらいたい。いいね」

「仰せのままに。ご主人様」わたしは教えられた言葉を口にした。初めての敬語に舌がもつれそうになり、隠すために一層深くお辞儀する。

兄が去った後で、彼女はわたしに言った。

「私の名前はニナ。よろしくね」

びっくりした。思わず呼吸が止まる。

それ、わたしの名前じゃん。

「あなた、名前は？」

「……リタです」

わたしは嘘をついた。

「いい名前ね」

ニナは――わたし《ニナ》の体を持ったニナは――そう言うと微笑んだ。

わたしは金持ちって、すごく嫌な奴だと思ってた。おばあが好きで繰り返し見ている昔のドラマの中では、金持ちってのはたいてい嫌味ったらしく振る舞い、使用人には無関心で、弱い人間に意地悪をする。

けど、目の前のニナは、その気力もないような青ざめた顔をして、車椅子にもたれている――わたしがひと月前、街中で見たニナと、目の前の彼女は本当に同一人物だろうか。

「お兄様がね、家の外にはあまり出ないようにって言うの。屋敷の中でも念のため車椅子を使えって。元の身体がとっても弱かったから。……私、もう歩けるのにね」

ニナはほんの少し自嘲気味に笑った。金持ちも、そんな非科学的な根拠で物事を判断するのか、とわたしは思った。

「あなたも私と同じ十六歳って聞いたわ。よろしくね。リタ。外の世界のことを教えてちょうだい」

奇妙な感じだった。わたしがわたしの身体を世話するのは。

わたしは実質、ニナの話し相手として呼ばれたようなものだった。ニナの部屋付きのメイドは他にもたくさんいたが、彼女と同い年であることもあって、わたしがよく呼ばれた。この家にいる完全生体《オーガニック》の人間は、ニナと、わたしの雇い主であるニナの兄のホセだけだった。両親は十年前に事故で他界し、以来、ホセが会社を継ぎ、二人きりで暮らしている。

「この家の環境はね、お兄様が私のために用意したものなの」

ニナはわたしにそう言った。最初は弱々しそうに見えた彼女だけど、わたしと話す時には幾分か弾んだ声になった。

「お兄様は、お花やら木やら草やらの中に身を置くことが、私の健康にいいと信じてるの。本当はどうか、よくわからないわ。でも、この家の中にいたら、一年中変化がないでしょう。……お花は良いわ。毎日に変化をもたらしてくれるもの」

ニナの身体は、ホセによって常に管理されていた。

毎日同じメニューを食べ、山ほど薬を飲み、決まった時間に運動をし、睡眠時間まできっちり定められている。ニナは言いつけ通り、ほとんど部屋から出ることもなく、風呂と、兄との食事、医師の診察、わずかに庭を散歩する以外は一人きりで過ごす。

正直、おかしくてたまらなかった。

こんなに労力をかけてまで、なぜ生身の身体にこだわるんだろう。生の肉体は、不便だ。脆いし、すぐに変調するし、臭くなる。大抵の信仰は外から見ると奇妙でばかばかしいが、本人たちはそのことに気づかない。

ＧＦＤタワー内の社交にもニナは参加させてもらえず、同い年の女の子との交流はほとんどないと言ってよかった。

タワー内は閉鎖的な一つの国で、外で聞いていた通り何でもあった。高級ブランドが立ち並ぶショッピングエリアがあり、フィットネスジム、スポーツ競技場、プールに遊園地。空気は吸ったことがないほど新鮮で、スラムの、目を開けていられないほどの排ガスも、鼻を突き刺す腐臭もない。医療設備も完璧で、生身の人間たちが防護服もマスクもつけずに楽しそうに歩いていた。ここから出ずとも、人々は一生幸せに過ごすことができる。ここで暮らして、何か不満を持つことなんてありえない。

なぜ、あの時ニナは――

あれは本当にニナだったのだろうか。

いや、あの時見かけた車のナンバーは確かにGFDタワーのものだったし、自分の身体を見間違えることなんてありえないけど、わたしはなかなかニナに聞けずにいた。街中でニナを見かけたことを。そもそも、それを伝えていいかどうかすらわからなかった。ニナは怪しんで、わたしの身元を調べるかもしれない。

ホセの心配に反して、ニナは新しく手に入れた身体を上手に使いこなしているように見えた。

ニナの声は心地よい。わたしの唇が、わたしの使ったことのない上品な言葉を紡ぐのを、わたしはうっとりと聞いた。ニナは使用人にも常に優しく、弱々しいながらも明るく振舞った。ホセも使用人には丁寧な態度で接する。だがそれは立場の違う人間が、最低限通じる言語を使おうとした時の、そぎ落とされた切れ端のようなものだ。機械や道端の石ころ、あるいはフォークやナイフに使い心地が悪いからといって悪態をついたりしないのと同じ。ニナはそうではなかった。誰のことも、自分と接する数少ない人間として、大切に扱っているように見えた。

なみなみと、周囲の誰もからありったけのものを注がれて育たないと、こんな人間は出来上がらないだろう。

ありったけの美徳、ありったけの富、ありったけの愛。

わたしがこれから一生この体で働いても、手に入れられないもの。

これまで乱暴に床に押し付けられたり、突き飛ばされたりしてきたわたしの身体は、今や、上質な絹のドレスに包まれ、粉を叩《はた》かれ、宝物のように扱われていた。メイドの皆から美しいともてはやされ（それは、わたしがこれまで男からかけられてきた肉体を形容する言葉とは、全く別の種類の賞賛だった）、お嬢様にお似合いですよと褒められて、ニナはニナで、新しい身体をとても気に入っているようだった。

それを見るたび、わたしは言いようのない気持ちになった。

もしニナが、真実を知ったらどう思うだろう。

あなたが不幸な中産階級の子女から買い取ったと思っているその容《い》れ物はね、男たちから好きなように扱われていたのよって。

何も知らないニナ。

まがい物を愛するニナ。

生き残るために、まがい物になったわたし。

「ねえ、リタ……あなた、恋ってした事ある？」

ニナはバスタブの縁に添えた腕を、壊れ物のように撫でさすりながら言った。

月の明かりがえぐるようにバスルームの内側を暴いている。大理石のバスタブの縁に手をかけ、空を見上げるニナの姿が光の中に浮かび上がる。バスタブから流れ出た泡が波のように床をたゆたっている。わたしはバスタブの後ろに回り込み、ニナの髪を丁寧に洗っている。ニナの身体に異常がないかを確かめるのも、メイドの役目だ。

「何でそんなことを聞くんですか」

高級シャンプーのむっとするような香りに遮られながら、わたしは言った。この体がわたしのものだったときは、石鹸しか使ったことがなかった。シャワーで丹念にすすぎ、オイルを馴染ませた櫛で丁寧に梳いてやる。毛先の一本も逃さずに、隅々まで行きわたるように。

「私たちの年ごろの女の子は、外の世界では恋をするものなのでしょう」ニナは迷いを含んだ声で聞いた。

「教えて。外の世界の普通の十六歳は、どんな風に恋をして、どんな風にデートをして過ごしてるの」

「普通の十六歳なんていませんよ」

わたしは少し、ぶっきらぼうに答えた。櫛の歯が止まる。

「それぞれの生活があるだけです。おうちが裕福かどうか、両親が揃っているかどうか、健康か病気か、学校にいけるかどうか、で全然違います」

「そんなに違うものなの」

ニナは勉強熱心な割には少し、考えが浅いと思う。けどそれはきっと、深く考えられるほど、自分とは異なる世界を見たことがないだけなのだ。

「そうですよ」

「それでも少し共通項があるはずだわ」

「アイスクリームが好きとか？　お兄様の長ったらしい話に付き合うのが嫌い、とか？　遠隔授業《テレスクール》の間は靴下を脱ぎ散らかして、先生の話を聞く代わりに机の下で猫をあやしている、とか？」

「それ、全部私じゃない」

ニナはふくれっ面をしてこちらを見た。

どきりとした。かわいい、と思った。わたしを買った男たちも、こんな風にわたしを見る瞬間があっただろうか。

「映画を観たり、ドラマを観たりされているでしょう。あれが普通の」

「お兄様はね、あんなの全部フィクションだっていうの。あんなくだらないものが真実だと思うな、って」

　あの極端な兄の言いそうなことだ。

「恋、してみたいんですか」

「してみたいわよ」

　ニナは再び、遠くの空を見た。

「私ね、この身体になるまでは、外の世界にまるきり無関心だったの。ずっとこのタワーの中で一生を終えるんだ、それが当たり前なんだ、って思ってたし、外で何が起きているかなんて、気にしたこともなかった。けど、」ニナはそう言って自分の胸に手を当てた。

「この身体になった後から――ふと、思うようになったの。この身体の元の持ち主は、一体どんな人生を送ってきたんだろう。一体どんな暮らしをして、どんなものを見て、どんなことを感じて、彼女の人生を生きていたんだろう、って」

　それを教えられる人間が、あなたのすぐ後ろにいますよ。そう言いそうになるのを、わたしはぐっとこらえた。

「それで、この前お兄様に無理を言って、一時間だけ車でタワーの外に出たの。もちろん、車窓から眺めるだけよ。――でも、すごく新鮮だった。私ね、外の世界にも、このお家の中みたいに、木や草やお花がたくさん生えてるんだと思ってた。でも、全然違った」

「このお屋敷の環境は、ご主人様がお嬢様のためを思って作られた特別なものですよ」

わたしは櫛を再び動かし始めた。心臓がどきどきしていた。

やっぱり、あれは見間違いじゃなかったのだ。

「でも、すごく楽しそうに見えたわ。私と同じ、生身の体の人ばかりじゃなかったけど。みんな生き生きして、すごく楽しそうに見えた。私が知っている世界とはまるで違った。皆、誰かと出会ったり、会話をしたり、一緒に生きるために、暮らしているみたいに見えたわ」

ニナは上体を起こした。ミルクバスの湯の縁に、一対の乳首がほんの少し覗いている。うそみたいにきれいに見える、わたしの二つの丸い乳房。

「なぜかわからないけれど、この身体を持って以来、外に出たくてしょうがないのよ。もっと外の世界のことが知りたい。……ねえ、リタ、あなたも外の世界では、好きになった男の人とデートしたり、キスしたり、その、」

「セックスですか」

「……」ニナは恥ずかしそうに俯いた。

「したいんですか」

「……」数秒ののち、ニナはこくりとうなずく。

「わたしの住む地域では」わたしは努めて冷静に答えた。「皆、劣悪な環境で暮らしていますから、大人になるまでに高い確率で病気になります。だから皆、十七、十八歳になる頃には身体のほぼ全てを義体化します。義体《ボディ》になれば、生殖もありません。手術時に卵子と精子は凍結され、子供がもし欲しくなったら人工授精して人工子宮で育てます。生身の人間同士のセックスで生まれてくる子供は、わたしたちの住む地域では8％にも満たないのです。——だから、好きになった相手との性行為なんて、ほぼ存在しません」

「そう」ニナは肩を落とした。哀れみからなのか、自分が知りたいことを知れないことへの落胆からなのか、わからなかった。

「それは残念なことね」

わたしはイライラした。純粋に、兄の与えるものを善と信じ、与えられるものだけを享受して生きる、ニナの盲目的な価値観が。

ぎゅっとニナの髪を絞った。おばあに似て、まっすぐでつるんとして、少し引っ張ったくらいじゃ切れない、丈夫で艶やかな、自慢の髪。今すぐこれを引っ張って抜いたら、ニナはどう思うだろう。——無理な話だ。H／T社の義体《ボディ》には倫理制御装置《モラリティ》が標準搭載されている。義体化していない生身の人間を傷つけようとすれば、たちまちフリーズ。

「……お嬢様にはご主人様が、きっと、とびきりの相手を連れてきてくださいますよ。それまで安心してお過ごしください。この場所は幸せな場所です。幸せというのは、今いる場所をありがたいと思える才能のことだとわたしは思います」

「なんだか、先生みたいなことを言うのね」

「そうですか」

ニナはバスタブから出た。身体を拭こうとタオルを構えたわたしから逃れ、裸のままガラス窓に近づく。月光に照らされ、濡れた身体は真珠のように輝いている。わたしだったもの。けどいまは、別の人のもの。

身体の方だって、元の持ち主のことなんかとっくに忘れているだろう。

「この身体の前の持ち主がね、生きている時、少しでも幸せだったらいいなと思うのよ」

ニナは静かに振り返る。

「私の知らない世界をたくさん見て、いろんなことを感じていたらいいなって。……不思議な気持ちなの。私は世界に一人しかいない。でも、いまの私は二人分の人生を持っているんだわ」

ニナが突然、街に行きたいからついて来て、と言い出したのはそのひと月ののちだった。

「十六歳の女の子が遊びに行くような場所を見せて欲しいの」

わたしは二つ返事でＯＫした。このお嬢様が見たがるようなところを、数ヵ所車で巡って帰るだけだと思っていたのだ。〝車〟に乗るのも楽しみだった（乗り合いのジプニーではなく）し、ずっとタワーの中にいるのも気が滅入る。

だから、繁華街のど真ん中で、ニナがいきなり運転手から鍵を奪ってドアのロックを外し、外へと転がり出たときには心臓が止まるほど驚いた。

「お嬢様を止めろ！」運転手も使用人もそう叫んだが、なかなか外には出ない。半端にしか義体化していない彼らにとって、繁華街はウイルスのるつぼだ。そんな所にみすみす飛び込んでも行かれない。

仕方がない。一息遅れて、わたしも車の外へと転がり出た。途端に蒸し暑い空気がむわりと体を押し戻してくる。排気ガス、屋台のホットドッグ、チーズソースの匂い、安っぽい香水の香りが入り混じる。嫌悪感で、思わず存在もしない胃の中のものをぶちまけそうになった。数ヶ月出ていなかっただけで、わたしはタワーの清潔な空気に慣れてしまったらしい。汗と雑菌にまみれた繁華街を、ニナは走ってゆく。

タバコの匂い。汗の香り。けたたましい笑い声。

「ニナお嬢様！」

ニナはあっという間に人混みをすり抜け、どんどん遠ざかる。あの身体のどこにあんな力があるのだろう。大通りを走りきり、人混みの途切れたあたりで追いついた。ニナの口には超小型の酸素ボンベが装着されている。最初からこの抜け出しを計画していたのだ。

「お嬢様、お願いです、お戻りください」

ニナは嬉しそうな顔で笑った。

「やっと来たわ」

街行く人々を見れば、義体化率は50%といったところだった。高額なワクチンや投薬を受け、生体をそこそこ維持できるくらいの小金持ちたちが好むエリアなのだろう。とりわけこの辺りは年ごろの女の子に人気のスポットらしく、アイドルグッズを売る店や、アイスクリーム店、雑貨店、服屋が所狭しと並んでいる。わたしはもちろん、来るのは初めてだった。カフェでコーヒー一杯飲むのに、おばあとわたしを合わせた三日分の食費ぐらいする。

「ねえ、一時間だけでいいから付き合って頂戴な。——一時間経ったら、必ず戻るから」

わたしは彼女に従うことにした。無理に連れ戻そうとして反抗されるより、一時間経って車を呼んだ方が面倒なことにはならなそうだと思ったからだ。もちろん、ホセにはこっぴどく叱られるだろうけど。

ニナは近くにあるカフェを指差して、ここに入ろう、と言った。

カフェ店員はわたしたちを見て嫌そうな顔をした。安物の外殻《フレーム》を纏《まと》ったわたしが、常客たちより低い身分であることは一目でわかるのだろう。その上、何世紀も昔のメイド服を着ているなんて、奇天烈もいいとこだ。ニナは気づいていないのか、わたしの腕をとると「あそこにしよう」と中央の一番いい席に強引に連れていった。柔らかな胸が、わたしの金属の腕に当たる。

わたしたちは向き合って二人がけの席に座った。わたしだけじゃない、古典趣味の服装のニナも、店内でとても浮いている。ニナはケーキセットを注文した。店内は海中をイメージした内装で、深く沈み込むようなブルーの照明が、心地よく神経を撫で下ろした。ホログラフのフェイクフィッシュが店内を泳ぎ回り、時折ニナの体を通り抜ける。軽やかなリラックスポップが流れ、椅子はフカフカで、とても居心地がいい。

やがて注文の品が運ばれてきた。着色料だらけのソーダ水を飲み、フェイクフルーツで飾られたタルトを一口食べて、ニナは美味しい、と顔をほころばせた。栄養士が指定していないものを食べたことがバレたらクビになるかもしれない。けど、まあ良いか、とわたしは思った。

「ねえ、リタ、リタはどんな食べ物が好きだった？」

「そうですね、ＫＦＣの骨つきチキンと、クイーンバーガーのメガワッパーが好きでした」

……ゴミ山に放り投げられた生ゴミの袋の中から、まだ食べられるハンバーガーを見つけた時の嬉しさったら。

「それを山ほど食べることが、肉体を持っていた時の夢でしたね」

今、ニナが食べているケーキだって、もしも肉体があった頃ならきっとよだれを垂らして見つめていただろう。今は、なんとも思わない。義体《ボディ》は充電によって動くし、脳は高濃度栄養ゼリーを注入することで維持していた。しかし食欲中枢は一体どこと繫げられたのだろう。バッテリーを消耗し残量が減った時の、クラクラするようなめまいと飢餓感。偽の生理的欲求に悩まされる〝幻欲〟は、義体化《サイボーギング》したばかりの人々を悩ます症状だった。

ニナは、今まで見た中で一番楽しそうだった。周囲の客を眺めては、いちいち驚いたり、喜んだり、物珍しそうにしている。

瞬きを三回して、ニナの姿の写真を撮った。ニナがこちらを向く。

「満足ですか」

ニナはこくりと頷く。

「私ね、前の身体の時は、病気のせいでずっと寝たきりだったの。子供なのに、おばあちゃんみたいにしわくちゃで、ガリガリで、髪も抜けてて……自分でも自分が美しくないって知ってた。顔を合わせるのなんて、お医者様と、画面の向こうで勉強を教えてくれる先生くらいだったけど、すごく惨めだった。友達もできなかった。作りたくなかったの」

　ニナの指先が細かく震えている。

「だからね、健康な身体を、お兄様が買い与えてくださった時、すごく嬉しかった。目が覚めて、鏡を見たとき、ああ、やっと私は私の人生を生きられるって思った。私、本当にこの身体が手に入って幸せなの。腕も足も長くって、肌も髪もすごく綺麗」

　ニナはそう言って、結った髪の毛先を指先でつまんで持ち上げ、じっと見つめた。

「でも、それだけじゃないの。――以前はね、みんな、私の外側しか見なかった。『病気のかわいそうな女の子』か『H／T社のCEOの妹』のどっちかよ。少なくとも、この身体が手に入ってから、前者は解消されたわ」

　ニナは嬉しそうに微笑んだ。わたしも思わず笑顔を作ろうとした。外殻《フレーム》には表情筋がないから、無理だったけど。

「この身体は私に生きる理由を与えてくれた。この身体のおかげで私は普通の女の子になれたのよ……だからね、この身体の持ち主がしたかったことをしたいなって思うし、この子の分まで生きたい。この子と一緒に、幸せになりたいの」

　一体誰の物語を聞かされているんだろう。目の前にあるのは確かに元のわたしの身体だ。

でも今はわたしのものじゃない。わたしが値段をつけて売った。ニナはわたしの身体を手に入れ、偽の物語を生きている。手に入れた生を、手に入れたモノを、精一杯に使って生きようとしている。

「ねえ、リタは？　リタには何か、夢がある？」

「夢……」

「そう、これから先、してみたいことがある？」

これから先、わたしはどうするのだろう。

生身の身体だった時は、ただただ、義体《ボディ》が欲しくてしょうがなかった。それが果たされた今、身体から自由になった今、わたしは一体どうしたいのだろう。わたしは今、一体何をやっているんだろう。売り飛ばした身体の持ち主に近づいて、どうしようと言うのだろう。


カフェを出ると空が曇っていた。いつもの淀んだ空がさらに濁り、ものすごい速さで雲が流れている。

スコールだ。わたしは焦った。生身の身体に高濃度の酸性雨は毒だ。早く車を呼んで、タワーまで帰ろう。そう思ってメディアパネルを立ち上げたその時、

「ニナ」

呼ばれて振り返った。二人の体格のいい男が、道の向こうからわたしを見ている。

片方は顔中傷だらけで、首から肩にかけてびっしりとタトゥーが入っている。もう片方はより身長が高く、髭を無造作に伸ばしていた。上腕二頭筋のあたりから下は軍事用のフルメタル装甲に義体化している。二人ともに見覚えがあった。――わたしが小屋にいた頃の常連客だ。軍上がりで、違法改造で義体の倫理制御装置を外している、他の店を出禁になるような素行の悪い奴ら。

「おい、ニナ」

二人はわたしに一瞥《いちべつ》もくれず、素通りしてニナに近づいた。――そうだ。今はわたしじゃなくて、ニナがニナなんだ。

ニナはきょとんと二人を見る。

「お前、最近小屋じゃ見かけねえけど、何やってんだよ」

「なんだよその服は。似合わねーもん着ちまってよ」

「暇なら俺たちに付き合えよ」

やばい。わたしはとっさにニナと男たちの間に入ろうとする。

「どちら様でしょうか」

　ニナが先に口を開いた。二人は同時に眉をひそめた。からかわれたと思ったのだろう。

「おいおい、そりゃないぜ。上客の名前忘れたってえのかよ。あんだけひいひいヨガらせてやっただろうが」

　記憶が蘇る。筋肉自慢のつもりなのか、後背位で腕がもげそうなほど引っ張られ、しばらく使い物にならなかったこと。無理な体位で首が折れそうになった時のこと。太い指で引っ掻き回されて血が止まらなくなった時のこと。そのくせ「お前も気持ちよくしてやったんだから、料金をまけろ」と言われたこと。

「店の外じゃ他人ですってか？　つれねえな」

「もっかいやれば思い出すだろ。ほら、行こうぜ」

　タトゥーの方がニナの腕を引っ張った。ニナがきゃっと声をあげる。

「お嬢様！」

　わたしは慌てて止めに入った。

「はぁ？　お嬢様？　この一発八ペソの安物が？」

　なんだよこいつは、そう言いながら髭の男が太い義腕でわたしを突き飛ばした。ギンと嫌な音が響く。わたしの軽い義体《ボディ》はたやすく弾かれ、建物の壁に激突する。金属の体は何も感じない。そのはずなのに、海馬が勝手に吐き出す痛みが全神経を引き絞り、ありもしない心臓をぎゅっと縮み上がらせる。体が震えて言うことを聞かない。脳のどこかに閉じ込めていた恐怖が溢れ出て、全身を支配する。

幻だ。これは。神経のエラーだ。いまのわたしが感じているわけじゃない、幻なんだ。

「ちょっと、何するの！」

腕を掴まれたニナが、わたしを突き飛ばした男に食ってかかった。

「私のメイドに乱暴しないで！」

「はあ？　メイドだあ？」二人の男がせせら笑う。「おい、ニナ、俺たちをおちょくるのもいい加減にしろよ。売り上げが苦しいからって二発目ねだってきた時に付き合ってやったのは誰だ。クソ娼婦の分際で、俺たちに舐めた口利くと……」

「いい加減にしなさい！」

ニナが大声で叫んだ。二人の男は思わずぽかんとする。

「口を慎むのはあなたたちの方です。あなたたち、さっきから女性を侮辱的な呼び方で呼んで、恥ずかしくないんですか。誰かに構って欲しいのなら、最低限相手を尊重したやり方があるはずです。それがわからない人のこと、構ってちゃんって言うんですよ。私だって、それぐらい知ってます」

「お前、ぶっ殺すぞ」ニナの腕を掴んでいた男が拳を振り上げた。

危ない！

次の瞬間、ばち、という破裂音がして、男の体が跳ねた。ニナが男の顔に向かって拳を突き出している。中指の第二関節には大きな飾りのついた金属の指輪が光っている。超小型のスタンガンだ。

男は大きく体を反らせたまま地面に倒れこんだ。全身をビクつかせ、口から泡を吹き始める。股間のあたりにたちまち水溜まりができた。

「乱暴な人間は、私嫌いです」

「てめぇ、何しやがる」わたしに向かっていた髭の方の男が、ニナに向かって摑みかかる。わたしは体を起こした。立ち上がりざま、地面を思い切り蹴る。ニナが拳を受ける寸前、わたしはニナを抱きかかえて地面に転がった。

「あっ、てめえ！」

「ニナ、逃げよう！」わたしはニナの手を摑んで引っ張り起こすと、すぐ脇の建物と建物の隙間に逃げ込んだ。「お前ら、ふざけんなよ！」後ろから男の声が追いかけてくるが、男の巨体は壁の間につっかえてなかなか進まない。ニナの足がもつれはじめたので、わたしは彼女の身体を抱きかかえた。肩に担いで走り出す。義体の方が、スピードもスタミナも高い。

「このくそアマ！　次会ったらただじゃおかないからな！」

掠れた男の声が遥か後方に消えてゆく。無我夢中で走り続け、寂れた街外れの路地裏でやっとわたしはニナを降ろした。

「ここまでくれば大丈夫です」

ニナは荒い息を吐き、さっき起きた出来事を反芻しているのか、呆然とした顔で地面を見つめている。

「とんだ目に遭いましたね……すみません。わたしの対応がもっと早ければ」

「……私は平気。それよりリタは大丈夫？」

だいじょうぶです、そう言いかけた瞬間、急に目の前が暗くなった。猛烈なめまいと飢餓感。足の力が抜け、ふらふらとよろめいた。視界が明滅する。もしや、と思いパネルを開くとバッテリーランプが点滅していた。残り1％。

まずい。ニナを抱えてダッシュしたせいだ。

がしゃん、と音を立てて、わたしは地面に倒れこむ。同時に雨が降り始めた。まずい。ニナを早く、安全なところに――。

「リタ！　リタ！」

ニナがしゃがみこんでわたしを揺さぶる。

「……お嬢様、お願いです、あそこに」

わたしは最後の力を振り絞り、雨に霞む景色の中、ぼんやりと灯る看板を指差した。


「災難だったわね」

シャワーを浴びたニナがバスローブ姿で脱衣所から出てきた。部屋の中、ぼんやりとニナの体が動くのが見える。ダウンライトだけを灯した室内は薄暗い。わたしはベッドの上で、充電プラグを腰に差して寝転んだまま、横目でニナを見た。

「すみません。こんなに早くバッテリーが切れると思っていなくて」

「いいのよ。それより、巻き込んで悪かったわ」

ニナは冷蔵庫から水を取り出して一口飲むと、まだ半乾きの体のまま、わたしの隣に寝転んだ。

「一度ね、何もかも自分で決めてみたかったのよ。……お兄様は言うでしょ。健康な肉体の生み出す自由こそ、人間の持ちえる至高の幸いだって。確かにそうかもしれない。けど、今のわたしには何の選択権もない。食べるものも、着るものも、やることも、全部。一度でいいから、私は私の身体を好きなようにしてみたかったの。それだけなの」

ニナの服とメイド服はクリーニングに出した。あと数時間で乾くはずだ。円形のベッドはぺらぺらのベッドシーツとカバーがかかっていて、消毒薬のきつい匂いがする。狭い部屋はほとんどベッド一台がぎゅうぎゅうに占領している。薄い壁の向こうからは、下手くそなカラオケの声と、シャワーの音が一緒くたになって響いてくる。天井は悪趣味な鏡張りで、ぼやっとしたわたしたち二人の姿が映っていた。この体になった今、もう二度と用もないだろうと思ったこの施設に、ニナと二人で入ることになるとは。

　それにしても、とニナは言った。

「あの人たち、なんだったのかしら。すごく怖かったわね。……なんで私の名前を知ってるんだろう。知り合いと間違えた？　ううん、そうじゃないわよね……」

　ニナはそのままブツブツとひとりごちている。

　わたしは黙る。鈍いニナも、これで少しは自分の身体の秘密を疑うはずだ。ニナが兄に調査を依頼し、エージェントの嘘がばれ、莫大な違約金請求とともに体は返品・交換される。そうなれば、わたしは。

「……ごめんね、リタ。あなたまで怖い目に遭わせたわね」

　ニナはわたしの方を向くと、片手でわたしのほおを撫でた。顔が近い。

「いいんです。お嬢様」わたしは上体をひねってニナの方を向く。

「それより、これでわかったでしょう。外の世界は、あなたが思うほどいいところじゃないんです。これに懲りたら、もう二度と」

「……ええ、そうね。これまで知らなかったことがよくわかった」ニナは言った。さっきよりも力がこもった声で。

「女性の肉体《からだ》を持っている、ただそれだけのことで、外では怖い思いをする可能性があるってことが」

「……そうですよ」

わたしは答えた。同時に、なぜだか苦しくなった。わたしが責められているわけじゃない。なのに、なぜだかわたしがニナに怒られている気がした。

「おかしいわよ」ニナが体を乗り出してきた。

「なんで？　どうして？　同じ人間なのに、片方が片方に怯えて暮らさなきゃいけないなんて、絶対におかしいわよ。どうして社会はそれを許しているの」

「……おかしなことは、金になるんですよ、お嬢様」

「どういう意味」

「おかしなことを許すことが、金になることもあるんです。わたしたち底辺の人間は、そうすることでしか金を稼げないこともあるんです」

「けど」

「いいんです。それを労働と呼んで、耐えるだけの人生もあるんです。お嬢様は知らなくていい」

わたしは天井を見た。ニナの顔を見られない。

「わかったら家に帰って、今日のことは忘れることです」

ニナは眉根を寄せ、わたしを見つめている。ニナが傷ついた顔をしているのが、なぜだろう、たまらなく嫌だ。

さっきだってそうだ。ニナが男たちに傷つけられるのが、わたしは、たまらなく許せなかった。

「——わたしは」恐る恐る口を開いた。

「この体を買うために、身体を売って金を稼いできました」

途端に黒い鉛のようなものが、ずん、と胸の内側に落ちてきた。フラッシュバック。とっくに捨てた身体のはずなのに、感覚はリアルで重くて苦しい。

こうするしかなかったから。

わたしにはそれしかないから。

ニナの顔がこわばる。失望されるだろうか。でも、それでよかった。もう終わりにしよう。どうせ、妹を危険な目に遭わせたことで、すぐにクビになる。

「わたしのいる世界では、それが当たり前です。少なからず身体は何かと交換するものだからです。あなたたちが生まれ持った財産や資質や人脈を生かすのと同じで、わたしたちはそこにあるものを利用する。それだけのことです。今だってそうです。価値のあるものは売ればいい。肝心なのは、それが等価交換になることはほぼまれってことです。お嬢様は、そういう理不尽な目に遭ってないからわからないでしょう。けど、そうなんです。怖い目に遭うのも、痛い目に遭うのも、辛い目に遭うのも、それが等価交換でないからなんです。おかしいと思うかもしれません。でも、おかしいことは金になるんです。おかしなことを許すことで、わたしたちは金を稼いでる。そうすることでしか、できないんです。

……それを、軽蔑されたところで、その事実は変わらない」

一気に言った。胸の重みが熱くなる。出口を求めている。けど、言葉にはならない。ざらついた音《ノイズ》だけが、口腔スピーカーから漏れ出る。

「それを許すこと自体も間違っているかもしれません。けど、間違えるだけの人生もあるんです」

「つまり、あなたはお金のために」

ニナが眉をひそめた。

わたしは目をそらす。

「嫌なことや辛いことを、これまでたくさん我慢してきたのね」

不意に、白くて柔らかなものがわたしの視界を包んだ。ニナの胸だ。ニナがわたしを抱きしめている。

「偉いわ。リタ。あなたはすごく偉い。私なんかよりもずっと」

不意に、視神経に熱が走るのを感じた。出るはずのない涙が行き場を探してさまよっている。これも幻覚だ。これまでの記憶を捨てきれない脳が起こしているバグだ。でも、たまらなく熱い。

「あなたのことを話してくれてありがとう。いろんなことを教えてくれて、ありがとう」

ニナを恐る恐る抱きしめ返す。ニナの身体は柔らかい。重くて厚くて、わたしだったときより丸みがある。元はわたしの身体。でも、いまは、違う人間のからだ。

そっと、覆いかぶさるニナの髪に触れてみた。金属の無骨な指の間からさらりと髪がこぼれ落ちる。

「あなたと一緒にいるおかげで、私、色々なことを知ったわ。街中にこんなに小さなお部屋を貸すところがあるなんてことも」

ニナは思い出したように言うと、顔を上げて天井を指差した。

「見て、鏡がついてる。自分がお昼寝するところを、鏡で見たい人なんているのね」

「ここはセックスするための場所ですよ。お嬢様」

わたしは言った。ニナは驚いてこちらをみる。「街中でセックスしたくなったときに、入るための場所です」ニナが赤くなった。「そう、なの」身体を折り曲げて、もじもじしている。

わたしはニナの手を取った。視線が絡まる。

「お嬢様、セックスもしてみたいって言ってましたね」

「う、うん」

「真似事だけでもしてみますか」

え、と言う小さな声が聞こえた。わたしはニナに覆いかぶさる。ぎゅっと抱きしめた。

ニナがあ、と声を出した。頭に当てたままの手を動かして、優しく頭皮に指を這わせる。耳の後ろから首筋へ。首筋から背中へ。ニナの体の輪郭に沿って、薄い空気の層を撫でるように。義体《ボディ》の指先はつるりとしていて引っ掛かりがない。むしろ好都合だ。

あ、あ、ニナが声帯を震わす。濡れた口の中から舌がのぞいている。乳房の下線を、脇からカーブに合わせてくすぐるように撫でた。ニナの身体が跳ねる。谷間から脇腹に避け、ウエストのラインから鼠蹊部《そけいぶ》へ。太ももの内側を撫で下ろしたら、また乳房の脇へ。何度も繰り返す。中心は後回しだ。いきなり女の体の真ん中に突き進む男は、女のことを何わかってない。女の身体は、どこだって境界が一番良いのに。

はあ、と喘ぐ声が聴覚に刺さる。やがて手のひらを足の間に滑り込ませた。まだ、触れない。皮膚に指先が届く、〇・一ミリ手前を撫で続ける。ニナが足をこすり合わせる。本当に優しくしたかったら、迂闊に触れてはいけないのだ。

小屋の女の子とは、売春を始めた頃によくセックスの真似事をした。最低限何をやれば自分の身を守れるか。男に致命傷を負わされずに済むか。どうやってつまらない男をやり過ごすかを共有した。思い出す。まだ身体がいまよりもっとふわふわだった頃、身体の上を拙《つたな》く這った、柔らかい舌。細い指。皮膚の上を行き来する髪の先。自分を守ることで精一杯だった、あの子やあの子やあの子。

ニナの足の間から水が溢れる。わたしは上体を起こし、ニナの下半身を覗き込む。指をくぼみに差し入れると、ピタリとはまる箇所があった。ニナが甘い声をあげる。足先まで力が入り、細かく震えた。自分の身体のいいところは、自分が一番知っている。相手にどうされたいかだって。

ニナが絶頂した。手足を投げ出し、荒く息を吐く。その瞬間、わたしの脳にも弾けるものがあった。じんじんと、そこにないはずの身体中の神経が暴れる。毛穴一つない肌から、汗が噴き出す心地がする。潤んだ一対の目がわたしを、恍惚とした、けど、澄んだ視線で見ている。ニナを再び抱きしめた。ニナもしがみついてくる。何かが視神経から溢れ出そうで、でもそれは決して有機物にはならなくて、脳の付け根であつくじんじんと行ったり来たりする。光が目の中で跳ねた。何かが解き放たれ、金属の身体《フレーム》の内側で何かになって弾ける。力が抜け落ちる。

「ありがとう。リタ」

ニナがわたしを抱きしめたままキスした。

——ああ。

わかった。

わたしがなぜ、捨てたはずの元の肉体に、ここまで執着したのか。

なぜ、ニナに近づきたいと思ったのか。

わたしはこんな風に、一度でいいからだれかに抱きしめられたかったのだ。

一度でいいから、わたしはわたしの肉体が、こんな風に誰かに大切に扱われているところをこの目で見たかったのだ。

ニナとわたしはタワーに戻った。

思った通り、ホセからはこっぴどく叱られた。てっきりクビになるだろうと思っていたが、ニナが泣いてわたしをここに置くようホセに頼んだらしく、わたしは追い出されずに済んだ。

ニナはわたしをますます側に置くようになった。

「このままずっと一緒にいてね、リタ」

それを聞くたびわたしは嬉しくなったが、一方でわたしがニナの身体の元の持ち主だとは伝えられずにいた。

あるとき、ニナはわたしに彼女の母親の形見である真珠のネックレスをくれた。

「たくさんあるし、あなたの好きなのを一つあげるわ」

似合わないし、もったいないから、と言って断ったが、ニナはいいの、と言って強引に真珠の束を押し付けた。

たくさんあるうちから一つ、迷った末に選んだ。一番小ぶりで控えめなものだ。ニナは嬉しそうにわたしに後ろを向かせ、首にネックレスをかけてくれる。アルミ合金の寒々しいデコルテは、せっかくの真珠の光を素っ気なく跳ね返す。

「うん、似合うよ」そう、ニナは言ってくれたけど、鏡の中に映るのは、相変わらず性別も判断不能なロボットの顔で、優しい風合いのパールは不釣り合いにしか見えなかった。


突然ニナが自室から出ることを禁じられたのは、それからすぐのことだった。

表向きは、新型ウイルスの流行がきっかけだった。外の世界ではまた新しいウイルスが発見され、拡散しているという話題で持ちきりだった。とはいえ数年に一度は同じような事態が起き、その度に人が大量に死ぬのだから、季節行事みたいなものだ。しかし、ホセの処置はあまりに厳しい。一体なぜ彼が突然そんなことを言い出したのか、わたしにはわからなかった。ニナが相変わらず外の世界に強い関心を持っていることと、いくらか関係があるかもしれなかった。

わたしはニナの部屋付きのメイドではなくなり、料理番に回された。コック長の下で、厨房ジャガイモの皮を剝いたり、ロブスターの殻を砕いたりする。朝から晩まで忙しく、厨房から出ることすらままならない。手先の不器用なわたしには向かず、たちまち邪魔者扱いされたが、元の役目に戻してはもらえなかった。ニナは部屋に閉じ込められ、顔を合わせることすらなくなった。

ニナの食事は、毎度半分以上残されて戻ってきた。ニナの異変を感じて、わたしの気持ちはざわめいた。とても奇妙なことだけど、わたしの体はその頃から幻痛を覚えるようになった。神経系の誤作動《バグ》であることは間違いない。けれどもときおり、とりわけ夜中にメイド部屋で雑魚寝している時なんかに、突然、鋭い痛みが体じゅうを走るようになり、わたしはよく眠れなくなった。

ある日の深夜、ふと、わたしは目を覚ました。背中に大量の汗をかいているような気がして腕を回したが、金属の体が液体を出すはずはなかった。にもかかわらず、この嫌な感覚はなんだろう。

わたしはメイド部屋をそっと抜け出した。廊下は真っ暗で静まり返っている。階段を上がり、広間を抜け、ニナの寝室に向かう。ニナの部屋は、この家の一番奥だ。

ニナの部屋の前に来た。ドアの外に張り付いて耳を澄ませる。中からホセの声が聞こえて来た。ニナの声は聞こえない。なぜ、この時間に彼が――。

続いて何かが床に落ちるがしゃんという音。ニナの、何かを懇願するような細くわななく声。

わたしはドアを引いた。内鍵がかかっている。おかしい。ニナはいつも鍵を掛けない。わたしがいつ部屋に入って来てもいいようにと。メイド部屋から持ち出したマスターキーを使い、鍵を開け、中に足を踏み入れる。

「お嬢様、いかがなさいましたか」

ニナのキングサイズのベッドの上で、ホセがニナを襲っていた。

思わずあっと声をあげる。ホセが振り返る。汗ばみ、目が血走っている。感情を無くし、代わりに何かに取り憑かれたような目だった。この目をわたしは知っている。これまで何百何千とわたしに注がれてきた、一つとして違いのない、相手をモノのように見る、彼らの目。

「何してるんですか」わたしは言った。ホセの下のニナがこちらを見た。強張り、目は恐怖に見開かれ、血の気を失っている。その頬には張られた跡があった。ホセは落ちつきはらった表情で体を起こすと、ニナに跨ったままこちらを向いた。はだけたナイトガウンの裾から、行き場を無くしたものが頭をもたげている。

「なんでもないよ……ニナがね、急に錯乱したから、鎮めてたんだ」ホセは言った。食べ物を盗もうとしているところを見つかった野良犬のような顔つきで。

「リタ、助けて！」ニナが叫んだ。ホセの身体を突き放し、下から抜け出そうとする。

「おとなしくしろ」ホセが叫び、ニナをベッドに押しつけた。「お前が騒ぐから、メイドに見つかったじゃないか」

「ニナから離れろ！」

わたしは叫んだ。「ニナが嫌がってるじゃないか！」外殻《フレーム》を溶かして溢れそうなほどの怒りが体じゅうに燃え広がる。

「ああ……お前、ニナに余計なことを吹き込んだメイドだな」

ホセの顔が色を失くし、一層険しくなった。

「いいか、ニナはな、俺の妹なんだ。俺の唯一の肉親なんだ。ずっとこの家で暮らせばいいんだ。外に出たり、あまつさえ恋愛なんて絶対に許さない」

「それはあんたが決めることじゃない。ニナが自分で決めることだ」

ホセははぁ、とため息をついた。

「話にならないな……おい、お前、いくら欲しい」

「は」

「いくら欲しいと言っているんだ。給料をあげてやる。だから今見たことは黙って」

「ふざけるな！」

わたしはベッドに駆け寄り、ホセに掴みかかった。肩に手が触れる寸前、バスが急停車した時のような衝撃が体に走った。力が入らない。フリーズだ。倫理制御装置《モラリティ》が発動している。

「いいかね、ニナの身体は私が大金を積んで買ったんだよ、私が買ったものを、私が好きにして何が悪い」

ホセの手がわたしの首を掴んだ。ベッドから降り、壁に押し付ける。ホセの力は強い。わたしの体は操り人形のように脱力したまま、されるがままになっている。

「お前にはわかるまいよ……私がニナの養育者として、どれほどニナを思っているか」

「……それでも、いまはその身体はニナのものだ」

わたしは言った。

「あんたのものじゃない。ニナだけが好きにしていいんだ。ニナに触るな」

不意に、どんという衝撃が走った。ぎゃっと叫んでホセの身体が崩れ落ちる。ニナがホセの後ろに立っていた。車輪を猛烈に回転させた電動車椅子が、ホセの身体を轢いている。

「リタ、逃げよう！」

ニナに手を引っ張られ、わたしたちはドアを出て一目散に廊下を駆け出した。

「おい、捕まえろ！」

ホセの怒鳴り声に応えるように廊下に一斉に灯が点いた。足音が四方から響き渡る。

「メイドが急に暴力を振るったんだ。捕まえろ。廃棄《スクラップ》だ、廃棄」

エントランスへと走った。すでに何人もの警備員が塞いでいる。だめだ。引き返し、螺旋階段を上へ上へと駆ける。

最上階の庭に走り出た。ガラスのドームに覆われた天空の温室は静かで、空間を埋め尽くす植物たちは彫刻のように静止している。端正で、静謐で、けど、それは飼い殺された美しさだ。

ホセと警備員たちが駆け込んで来た。壁際に追い詰められる。下を見れば、気が遠くなるほど下の方に、街の夜景が輝いている。

「そいつ、ニナを攫《さら》おうとしたんだ。早くぶっ殺せ」

ホセがずかずかと近づいてくる。手にはぶっとい銃が握られている。義体《ボディ》用の電流弾が籠められた銃だ。あれを撃ち込まれたら、体中に高圧電流が流れ、脳まで焼き切られて終わり。

「いいか、この屋敷の中で起きたことは、全部俺の一存でなかったことにできるんだ。お前の命さえもな」

ホセはそう叫んで銃をぶっ放した。わたしはとっさにニナを抱えてしゃがみこむ。バリン、と凄まじい音がして、わたしのすぐ後ろで分厚いガラスの壁に亀裂が走る。

「H／T社の義体《ボディ》なしに生きられないクソ貧乏人が、俺に楯突くな」

「お兄様、やめて！」ニナが叫んだ。

「ごめんなさい、もう絶対に逆らわないから、外に出たいなんて言わないから、リタを許して。ごめんなさい、ごめんなさい、なんでもします」

「ニナ、思ってもないこと言わないで」

わたしは言った。もし降参したところで、ホセは醜聞を恐れてわたしを殺すだろう。金持ちが役に立たない貧乏人を切り捨てるときの冷酷さは、わたしが何より知ってる。

ならば。

「せっかく手に入れた身体なんだから、わたしの分まで大事にしてよ」

ゆっくりとかがみ、膝下に力を込める。H／T社の技術で作られたこの義体《ボディ》は、最後まで持ち主の意志通りに動いてくれるはずだ。

ニナを思い切りホセに向かって突き飛ばした。ニナはよろけて地面に転がる。一瞬彼らがひるんだ隙に、わたしは駆け出す。目指すは庭の入り口じゃない。さっきホセが弾を撃ち込んだ、背後のガラスの壁だ。

「あ、おい！」

渾身の力で亀裂に向かって突っ込んだ。がつん、という衝撃と、ガラスの砕け散る轟音とともに、わたしの体は宙へと放り出される。一瞬、なにもかもから解き放たれた気持ち良さを感じた。次の瞬間、わたしの体は暗い夜空を真っ逆さまに落ちはじめる。

地上まであと一〇〇〇m。ニナの金切り声が足裏の向こうから追いかけてくる。重力は感じる。怖さは感じない。メディアパネルを立ち上げた。SNSの画面を開く。カメラロールに保存された、ホセがニナの身体の上に跨ったまま裸で喚く動画を添付する。

「H／T《ヒューマンテック》社のCEOが妹をレイプ」

音声入力は瞬時にわたしのつぶやきを文字に変える。送信ボタンを押す。〇・五秒の後に送信完了のマークが表示された。明日の朝には大ニュースだ。

バイバイ、ニナ。

わたしは顔をあげた。

おびただしい量の光の洪水が、下から上に向かって流れてゆく。

涙のように、視界を埋め尽くし、まぶたの裏に溢れかえる。

地上の光だ。

わたしが生まれた場所の。

永遠とも思える数秒を経て、小さなわたしの体は光の海に吸い込まれてゆく。

解　説

文筆家
水上文

ディストピアSFのような私たちの現実

フィクションと現実の関係をどう考えれば良いだろう？　単純に両者を繋げることはできないにせよ、フィクションが私たちの生きるこの現実となんらの関わりもないと考えることもできない。フィクションは現実を、ある角度から摑み取るものに他ならないのだ。

そして二〇一九年、公開されるや否や早川書房ｎｏｔｅの歴代アクセス一位を記録し、Apple Booksの「２０２０年今年のベストブック」に選出され、さまざまに話題となった表題作を含め、六篇の短篇からなる小説集『ピュア』が採用するその角度とは、「性」である。本書は「性」に隅々まで浸されたこの現実を、フィクションとして特定の仕方で抉《えぐ》り取っているのだ。

現実における「性」

実際、今現在の社会にあって、性と無縁でいられる人はいない。私たちは生まれ落ちた瞬間から、主として外性器の形状によって女性／男性に振り分けられ、公的書類に性別が登録され、原則としてそれが一生変わらないものだと多くの人が考えている。成長するにしたがい、当初振り分けられた性別とは異なるアイデンティティを育む人々――たとえば女性に振り分けられたが男性のアイデンティティを持つ人、男性でも女性でもないアイデンティティを持つ人、性をめぐるアイデンティティが流動的な人など――の存在は不可視化され、あるいは偏見の目に晒され、暴力と排除のターゲットにされる。

さらに、振り分けられた性別「らしさ」が常に要求される。家庭や学校や職場、あらゆる場所でその「らしさ」に応じた振る舞いが求められる。

性愛においては異性愛が当然視され、制度と価値基準に埋め込まれている。非異性愛は自ずから存在しないことにされ、偏見の目を向けられ、あるいは特定の仕方でのみ消費されている。

そしてとりわけこの社会は、単に女性／男性に人々を二分しているばかりではなく、女性を割り振られた人を抑圧するものでもあるのだ。

たとえば政治的意思決定の場、社会的に地位の高い職業の多くを占めるのは男性である。性暴力の被害者の大多数を占めるのは女性である。直接的な暴力がなくとも、社会に蔓延《はびこ》る性的対象化はそのなかで育つ人々の安全を損ない、尊厳を損ない、人生を狭め、また加害を正当化する。賃金格差と貧困、もちろん生殖をめぐる問題もある。生殖は国家による管理の対象であり、二〇二三年現在の日本では、明治時代に作られた刑法堕胎罪が未だ存在し、人工妊娠中絶の配偶者同意要件は今も撤廃されないままである。

要するにこの現実のすべて、ありとあらゆる人が、すべて「性」と深く関わっているのだ。

絶望を掬《すく》い取るフィクション

それでは、『ピュア』はこの現実とどのように関わっているだろう？

おさめられた小説はいずれも、現実の「性」をめぐる暴力を特定の仕方で摑み取っているように思われる。その仕方とは、問題を肉体に起因するものとして、避けがたい運命として捉えること、とでもいうべきものである。要するに描かれるのは、絶望的な袋小路なのだ。


たとえば表題作は、地球上では環境汚染によって妊娠・出産がほとんど不可能になり、人口が大幅に減少し、遺伝子改変によってXX染色体を持つ個体のみが「ティラノサウルスみたいな姿」に変身してしまった、という遠い未来の物語である。

変身できないまま取り残された「オス」は、人口の九割を占めながらも強靭な肉体を得ることができないために、一方的に「メス」に搾取されるばかりの運命である。生殖が至上命題となった社会において、犠牲は顧みられない。必要ならばレイプされることも、殺されることも是とされ、制度に組み込まれるのだ。舞台は人工衛星ユングなる場所、生殖と腕力がものを言う社会である。

小説の世界設定も舞台も、もちろん、この現実そのものではまるでない。

だが、確かに現実を示してはいるのだ。

たとえば変身の結果「メス」が手に入れる強靭な肉体は、脆弱な身体をもって生きることの鬱屈と恐怖を表現しているだろう。搾取される「オス」の姿は、人口は多いながらも社会的に抑圧された集団、現実の女性の誇張的似姿を示しているだろう。レイプと殺害と生殖の強制的な結びつきは、現実にあってレイプされ、殺され、他方で妊娠出産を奨励されてやまない女性の被《こうむ》る暴力を「オス」に差し向け、ミラーリングすることを意図しているだろう。

世界観はいささか単純かもしれない。性別を染色体に還元している部分にせよ、生殖と殺戮の関係性が不明瞭な部分——作中ではその関連は「遺伝子をいじくりまわした結果、私たち女の身体はなぜだかセックスしたら男を食べないと受精しない仕組みになっちゃったみたい」とだけ語られる——にせよ、練り上げられた説明は与えられない。すなわち小説は、説得力のある世界観を作り出すことに価値を見出してはいない。ならば荒唐無稽なまでの設定が物語るのは、小説の主眼が端的な怒りにあるということではないだろうか？

端的な怒りを——分析や変革ではなく絶望をこそ、描くこと。

だから本作の世界観にあって、抑圧は構造的問題として捉えられてはいない。問題とされるのはただ肉体ばかりであるように、私には思える。すべては肉体に還元され、精神は意味をなさず、社会構造が問われることがない。

たとえば主人公は恋愛が不可能な世界で、なおもとある男性に恋をするのだが、最終的には彼を「食べる」欲望に抗うことができない。本能と生殖に回収されていく主人公の姿は、避けがたい運命として捉えられた「性」を、表しているようであった。

そして絶望は、おさめられた他のすべての作品においても共通しているところである。たとえば『竹取物語』をシスターフッド的に書き換えたかのような「To the Moon」は、家庭内性暴力に晒される少女の絶望と救済への願望を描き出していた。あるいは、生身の肉体そのものが富裕層の贅沢品となった世界を描く「身体を売ること」は、望まない仕方で性的に消費される少女の身体性に対する抑圧を指し示していた。だがいずれの短篇にしても、女性二人が二人とも生き延びる道は示されない。手を取り合って救われたとしても、この地上で暴力から逃れて生き抜くことはできないのだ。

また、本書における性行為は常に支配と被支配を伴うものとされている。したがって、父から性的欲望を向けられ、彼の望むがままの人間になるよう教育され、父の視線によってこそ形作られた女性を主人公とする「幻胎」では、主人公は父をレイプすることによって初めて解放されることとなる。恋人や友人を作ることも、父から精神的／物理的に離れることも、彼女を解放しない。なぜレイプによって物事が反転されるのだろう？　それはこの小説において、性行為が支配関係によってのみ捉えられているからではないか。もし性行為が支配関係と分かち難く結びついているのだとしたら、性的な支配関係から逃れる手段は、自らが加害者＝支配者になること、すなわちレイプの他にないのだ。

だから『ピュア』において、肉体に紐づけられた抑圧から逃れる手段はない。何かを思考すること、定められた運命に抗う試みは意味をなさない。表題作と同様の世界を舞台とし、表題作では描かれなかった「オス」の目線を描き出す「エイジ」にしても同様である。本を読み、知識を得て精神世界を育み、搾取されるばかりの運命の中でなおも尊厳を保とうとする人が生き延びられる道は、「エイジ」にはない。

現実に対する絶望が深々と突き刺さるフィクションこそ、本書なのであった。

フィクションと現実

ただ、現実の「性」をめぐる抑圧のすべてを肉体に還元して描き出すことは、フィクションと現実の関係においてどんな危険性を孕んでいるだろうか？

実際には、抑圧のすべてが肉体に還元されるわけではない。暴力のすべてが、生まれ持った肉体の形で決定づけられるわけでもない。たとえばヴァギナを持っているから性暴力の被害に遭うことを避けられないのではない。その決定論的見解は加害を正当化し、常態化させ、都合よく暴力を延命させるだろう。肉体への還元論は、現実にあってはまさしく

『ピュア』が描くような袋小路を招くものであるのだ。

また還元論は、別の危険性を招くものでもある。あらかじめ生まれ持った肉体の形で全てが決定づけられるとする還元論は、振り分けられた性別に違和を感じる人々、現に性別を移行して生きる人々の存在そのものを否定する論理を招きかねないのだ。

この意味で、「バースデー」はいささか危険な作品である。

染色体を書き換え、肉体のあり方だけがすっかり変わる「性変容手術」なるものが一般化した社会を描く「バースデー」では、女性として生活してきた親友がある日「性変容手術」を受けて男性になり、戸惑う主人公が描かれる。性別移行によって関係性が変容していくなかで明らかになるのは、親友が性別を移行したのは主人公に恋をしているため、主人公が異性愛者であるためだという。親友の恋心を知った主人公は最終的に、これから新たな関係性を築き直すことを試みる。性行為によって、「せーので二人、違う人間」になることに決めるのだ。

小説はあたかも、幸福な恋の物語のようである。

けれども、異性愛的枠組みに収まるために性別を移行するという展開は、現実に存在する抑圧の、問題含みな反復ではないか。

実際、性別を移行する人々は、性的欲望のために性別を移行するのだろう、という偏見を向けられることがままある。たとえば性別移行と性的欲望を直結させられるが故に性暴力の被害に遭うこと──「女性に移行するということは、男性の性的対象になりたいのだろう」という論理によって──も、あるいは暴力的な排除を被ること──「女性に移行するということは、女性に限定された空間に侵入したいのだろう」という論理によって──もままあるのだ。

現実に性別を移行する人々が存在し、だが性別移行のリアリティを掬い取る表象が著しく不足し、誤解と偏見がまかり通るなかで、「バースデー」は現実と切り離されたものでいられるだろうか？

性別移行の動機が人それぞれであることは確かだとしても、生まれた時に振り分けられた性別への違和、移行に伴う身体的・経済的困難を度外視し、移行の動機を恋愛感情／性的欲望に還元して描き出すことは、すでにある偏見の再生産にほかならないのではないだろうか。絶望的な袋小路が描かれる本書におさめられた作品のうち、唯一「バースデー」のみが二人で幸福に生き延びる予感を漂わせて幕を閉じるのは、必然であると私は思う。肉体に紐づけられた抑圧を逃れがたいものとして捉える世界観においては、肉体の性別の変更こそはまさに「ファンタジー」であるだろうから。

だが性別移行はファンタジーではない。一度の手術ですべてが様変わりすることなどなく、突如として「違う人間」になれるわけでもない。繰り返すが、現実は還元論で何もかも説明できるものではなく、現実社会における性別はより複雑に作用している。性をめぐる抑圧はひとつではないのだ。

本書は確かにその抑圧を描いてはいるものの、すべてを掬い取っているわけではない。ここで描かれた絶望を何ら共有しない読者も、深く共鳴する読者も、どちらもいるだろう。この意味で本書は、決して現実から切り離し得ない。袋小路のような現実をそれでも生きていくために、各々が被る抑圧と描かれたもののその差異を、出口を、読者である私たちこそが見出さなければならないのだから。

初出一覧

「ピュア」『SFマガジン』二〇一九年六月号
「バースデー」単行本版『ピュア』(早川書房、二〇二〇年)
「To the Moon」単行本版『ピュア』(早川書房、二〇二〇年)
「幻胎」単行本版『ピュア』(早川書房、二〇二〇年)
「エイジ」単行本版『ピュア』(早川書房、二〇二〇年)
「身体を売ること」『SFマガジン』二〇二一年二月号

本書は、二〇二〇年四月に早川書房から単行本として刊行された作品に、短篇「身体を売ること」を加えて、文庫化したものです。

また、「エイジ」における、「さびし・い」の語句の説明は、『大辞林』第四版（三省堂）から引用しています。

著者略歴　1985年東京生，慶應義塾大学文学部フランス文学専攻卒，作家　著書『傷口から人生。』『ひかりのりゅう』『人生に疲れたらスペイン巡礼』『メゾン刻の湯』『路地裏のウォンビン』『わっしょい！妊婦』

HM=Hayakawa Mystery
SF=Science Fiction
JA=Japanese Author
NV=Novel
NF=Nonfiction
FT=Fantasy

ピュア

〈JA1562〉

二〇二三年十一月 二十日　印刷
二〇二三年十一月二十五日　発行

（定価はカバーに表示してあります）

著者　小《お》野《の》美《み》由《ゆ》紀《き》
発行者　早川浩
印刷者　大柴正明
発行所　株式会社　早川書房

郵便番号　一〇一‐〇〇四六
東京都千代田区神田多町二ノ二
電話　〇三‐三二五二‐三一一一
振替　〇〇一六〇‐三‐四七七九九
https://www.hayakawa-online.co.jp

乱丁・落丁本は小社制作部宛お送り下さい。
送料小社負担にてお取りかえいたします。

印刷・株式会社亨有堂印刷所　製本・株式会社フォーネット社

ISBN978-4-15-031562-7 C0193

本書は活字が大きく読みやすい〈トールサイズ〉です。